Giovanni Verga

I Ricordi del capitano D'Arce
(1891)

I RICORDI DEL CAPITANO D'ARCE

D'Arce, cullato dal rullìo del bastimento, aveva posato il bicchierino sulla tavola, affissando l'orizzonte mobile attraverso il cristallo del finestrino, quasi vedesse ancora ciò che stava narrando.

No, neanche la punta di un dito. Adesso è storia vecchia... e anche triste!... Non ci siamo neppur detto di amarci... quello che si chiama amare... Mi piaceva assai, ecco. Andavo da per tutto dove sapevo d'incontrarla, alla Villa, al Sannazzaro, al concerto serale dello *Châlet*. Mi sentivo battere il cuore e inciampavo nelle seggiole appena scorgevo da lontano i nastri rossi del suo cappellino. Mi rassegnavo al cipiglio e all'accoglienza glaciale del Comandante, solo per vedere i begli occhi grigi di lei che mi cercavano nella folla. Essa mi salutava con un sorriso appena accennato: sapete, quel sorriso che vedete soltanto voi, quella fiamma lieve e rapida che illumina a un tratto un bel viso delicato, e vi dice: - Grazie!... - Ma amore, no. Perché c'era di mezzo Alvise Casalengo, mio camerata, mio compagno d'armi e di scuola. - Adesso è andato a finire nella Navigazione Generale, *requiescat* anche lui! - Ma allora era il mio Pilade, troppo Pilade, ahimé, perché potessi fingere d'ignorare quello che sapevano tutti, sebbene Alvise, com'è naturale, non me ne avesse fatta mai la confidenza. Appunto, giusto per rappresentare la parte di uno che non vuol sapere, *filavo* anch'io il mio briciolo di corte alla signora Ginevra Silverio, la moglie del mio Comandante, in quei due mesi di licenza che avevo passato a Napoli: una corte modesta e superficiale, da non passare il guanto, quel tanto d'omaggio ch'era indispensabile di tributare alla moglie del mio superiore, bella, elegante, un po' civetta pure, dicevano; ma civetta con tanta naturalezza e tanta grazia che quasi non se ne accorgeva. Essa s'era lasciata corteggiare anche da me perché non stonassi nel coro, perché tutti le facevano la corte, perch'ero intimo di Alvise, perché le piacevo, infine. Ciò che era venuto in seguito, ciò che mi sembrava a volte vederle balenare negli occhi e sentirmi tremare nella voce... Sapete come avviene... gli ostacoli, i riguardi umani, la diffidenza del marito, la stessa sicurezza leale di Alvise... Tante premure deliziose, un'attrattiva di sacrificio, un profumo soave di frutto proibito, più velenoso di quelli rubati nell'orto coniugale... In conclusione, ditemi un po', adesso che ne parliamo coi gomiti sulla tovaglia, qual merito ne ho avuto agli occhi di quell'animale che ha piantato amici e spalline per fare il cabotaggio da Palermo a Genova? Il guaio era che il Comandante se la pigliava con l'intero genere umano, causa la pulce che Alvise gli aveva messo nell'orecchio - un pasticcio dell'ordinanza per cui c'erano state fra marito e moglie delle scene spiacevoli, convulsioni, lagrime, il dottore chiamato in fretta e furia, di notte... Insomma quello che non sarebbe avvenuto, se il Comandante, credendo di far meglio, non avesse avuto la cattiva idea di prendere al suo servizio un cretino di nuova leva il quale non capiva nulla. Poi ogni cosa s'era chiarita per il meglio. Alvise, com'è naturale, era rimasto *a latere* del Comandante, e quella bestia dell'ordinanza, in punizione, sacco e branda, e imbarcarsi subito. I cocci rotti avevano dovuto pagarli gli altri, gli amici di casa, il Comandante stesso, pover'uomo, diventato un orso, un Otello, una bestia feroce. Ti rammenti, Serravalle, quando la signora Ginevra ti si svenne o quasi nelle braccia, ballando in casa Maio? Era tanto delicata, poveretta! E le piaceva tanto il ballo, che suo marito, per la tranquillità dell'alcova coniugale, si rassegnava ad essere di tutte le feste, insieme a lei.

Ma con che viso ci veniva, quell'uomo! Come faceva cascar le braccia ai poveri ufficialetti che gli arrivavano freschi freschi dalla Spezia o da Livorno, e che s'immaginavano di disarmarlo pigliandolo colle buone! Anch'io, purtroppo, ero nella lista dei sospetti. Non so per qual motivo - perché ero più gentile e premuroso degli altri, perché gli ero simpatico, perch'ero amico d'Alvise, fors'anche... Giudizi umani! Il fatto è che nell'animo del Comandante ero un uomo perduto. Tante cose me l'avevano fatto capire: quel diavolo d'uomo aveva un modo di piantarvi gli occhi in faccia per dirvi buongiorno, che v'imbarazzava realmente. E le ingiustizie del superiore, le punizioni e gli arresti che piovevano come gragnuola, l'ordine d'imbarco comunicatomi per telegrafo, quando si sapeva che la squadra sarebbe rimasta a Genova un'altra settimana! Anche lei, povera donna, sembrava consegnata, colla sentinella alla porta, un genovese cane il quale si piantava rispettosamente per mandarmi via, se tentavo di rompere il blocco in un giorno della settimana che non fosse il martedì, il giorno di ricevimento della signora Ginevra, il giorno di tutti e di nessuno. Allorché l'avevo pregata di accordarmi un'entrata di favore, l'avevo vista così imbarazzata, così esitante... Ecco, se avessi voluto permettermi un'indiscrezione col mio amico Alvise, sarebbe stata quella di chiedergli in un orecchio: - Come diavolo fai?... -

Era una povera vittima, quella disgraziata! una schiava legata alla catena corta. Chi l'avrebbe immaginato, di voialtri, quando la vedevi arrivare, col nasino palpitante e la febbre negli occhi, e una voglia di divertirsi fino nelle scarpette che si sarebbero messe a ballare da sole? Ma una paura del marito con tutto ciò! Bastava un'occhiata di lui per farle gelare il sorriso con cui vi si abbandonava nelle braccia, anelante, facendosi vento presto presto, smarrita da un capogiro delizioso. E le carezze timide colle quali cercava di sedurre quel cerbero, l'aria inquieta con cui si abbandonava a certe graziose imprudenze, guardandosi intorno per non esser sorpresa da lui, o gli fissava in volto i begli occhi sorridenti per cercare d'indovinare che vento tirasse, le piccole astuzie, le bugiette dietro il ventaglio, i complotti colle amiche per strappare al marito il permesso di un'ultima polca. Giacché la poveretta sapeva quel che le sarebbero costati poi a quattr'occhi quelle audacie disperate, quei colpi di testa ai quali cedeva con tutto il sangue al viso - delle audacie innocentissime. Noi altri uomini non sappiamo mai quanto coraggio ci vuole a fare certe cose.

Immaginate adesso un uomo che vi tira a bruciapelo l'ordine d'imbarco dopo una di quelle sere... innocente com'ero... e la povera signora Ginevra anch'essa!... Nulla di nulla, vi giuro! Neanche una parola, neanche un dito... Se ce ne fu il pericolo, dopo... un momento solo... la colpa fu tutta sua, di lui!...

D'Arce vuotò d'un fiato il resto del cognac, e posò il bicchierino sulla tavola, stringendosi nelle spalle come un uomo che ha navigato per tutti i mari, ne ha viste di tutte le razze e di tutti i colori, e non si meraviglia più di nulla.

Però non potevo abbandonare Napoli e l'Italia senza andare a salutare la signora Ginevra, tanto più che non avevo potuto vedere neppure il lembo del suo vestito, quand'ero andato a fare la mia visita di congedo, in gran tenuta, fra le dieci e le undici. Lui sì, ce l'avevo trovato il signor Comandante, straordinariamente rabbonito dalla mia partenza, e mi aveva accomiatato con belle parole:

- Faccia buon viaggio, e metta il tempo a profitto. So da buona fonte che li terranno un pezzo imbarcati, e avranno tempo di studiare e di farsi onore. Il mare è una gran scuola e un gran corroborante per la gioventù -.

Grazie tante! Ma il buon viaggio volevo che me lo desse lei, la signora Ginevra. Non poteva rassegnarmi a tutte quelle belle cose che mi aveva detto suo marito, senza vederla un'ultima volta, e sentire anche quel che ne pensava lei. La mia stessa innocenza mi dava ai miei occhi una specie di salvacondotto per andare a trovarla. Per altro m'ero proposto di essere prudente ed audace come un vero innamorato. E contavo sul gran da fare che c'era al Comando, appunto per quella benedetta partenza. La sera, appena sbirciai il mio superiore che svoltava l'angolo della piazza... - due ore di guardia col naso incollato ai vetri del Caffè d'Europa, amici miei, temendo ogni momento di veder capitare Alvise, che volentieri avrei voluto sapere a casa, magari agli arresti, magari colla febbre. - Vedevo il mio amico in ogni soprabito gallonato che incontravo, lungo la strada, rasente al muro, e il cuore mi batteva un po'... Quando fui poi in via Partenope... Il cerbero che custodiva la porta della signora Ginevra mi lasciò passare senza alzare gli occhi dal *Pungolo*, o credette forse che venissi per un affare di servizio, o si lasciò ingannare dalla somiglianza dell'uniforme... prendendomi per *quell'altro*... Sì in quel momento mi faceva un certo effetto di esser scambiato con un altro. Pensavo ad Alvise, che andava e veniva senza tante difficoltà, e che sarebbe rimasto a Napoli!...

Entrava appunto un bel chiaro di luna dai finestroni colorati, e passava per la strada il ritornello della canzone in voga che solevano suonare allo *Châlet*. Tutte le piccole seduzioni che vi formano le grandi, sapete!... Avevo il cuore alla gola nel bussare all'uscio della signora Ginevra, forse perché ella stava al terzo piano... o perch'ero giovanissimo allora... Il fatto è che mi sentii penetrare lo squillo acuto e vibrante del campanello sino al cuore, come un sussulto, come una puntura, direi, ripensando ad Alvise... Al mio superiore, no, non ci pensai, altro che per almanaccare un pretesto, pel caso che mi avesse fatto trovare un marinaio comandato di sentinella all'uscio della moglie anche a quell'ora...

Ma invece venne ad aprire Gioconda, quella bella giovane che aveva il viso come il nome, vi rammentate? Essa mi aveva visto spesso venire, nei bei giorni in cui non avevo ancora perso la stima del Comandante, e mi accolse con un graziosissimo sorriso: il medesimo sorriso della sua padrona, indulgente e grato verso le debolezze umane, il sorriso che comprendeva e perdonava, e voleva farsi perdonare ciò che doveva dirmi: - La signora era un po' sofferente, stava già per andare a letto...

Era scritto, vi dico! Mentre mi rassegnavo a tornarmene via, triste come la morte, e indugiavo a scusarmi per l'ora indebita, adducendo la partenza immediata..., l'assenza lunga, e questo e quell'altro... - intanto le vedevo negli occhi una gran simpatia, alla buona giovane. - In quel momento il campanello elettrico squillò di nuovo, premuroso e carezzevole, uno squillo che veniva dalle stanze interne stavolta, e diceva: Sì! sì! sì!...

- Se vuol passare un momento in sala, farò a ogni modo l'imbasciata... -

Ho anch'io adesso i galloni di Comandante, e molti anni di più sulle spalle, ma ancora, vedete, mi sembra di sentirmi battere il cuore nel soprabito attillato di guardiamarina, rammentando quell'istante in cui vidi comparire sull'uscio del salotto *lei*, tutta sorriso, nella bocca, negli occhi, nel fruscìo del vestito, quel sorriso carezzevole e buono con cui accoglieva i suoi amici e che ho ancora dinanzi agli occhi, quando vado a pregare sulla sua tomba, poveretta!

D'Arce riempì di nuovo il bicchiere, sforzandosi di mostrarsi disinvolto, ripreso, suo malgrado, dalla commozione di quei ricordi.

La vedo ancora, seduta su quel canapè basso e largo come un letto. Aveva delle calze di seta nera, delle calze terribili, amici miei, sotto quel vestito bianco, tanto che ella se ne accorse, e ritirò adagio adagio i piedini, facendosi rossa. Proprio una bambina, vi dico! civetta, innocente nella sua civetteria come l'aveva fatta sua madre, e con una paura del marito, in quel momento, che le faceva tendere l'orecchio e troncare il discorso di tratto in tratto. Anch'io mi sentivo assai sconvolto... Allora scappammo a parlare tutti e due in una volta, come cavalli spaventati, battendo la campagna, con una vivacità che voleva sembrar sincera. - Io non avevo voluto partire senza andare a salutarla. - Essa non aveva voluto lasciarmi partire senza dirmi addio. - Partire, lasciarsi... - In fondo a ogni parola c'era sempre quella nota, sempre quel tono triste, in sordina, in note tenute, in tutte le note, all'infuori della tua, mio povero Alvise, che dormivi lealmente fra i due guanciali della tua felicità o piuttosto che perdevi al Circolo, in quel momento stesso, lieto del proverbio che lusingava il tuo amor proprio. - E le nostre parole dicevan tutt'altro, dicevano tutt'al più di viaggi e paesi lontani, di orizzonti sconosciuti, o delle memorie che si portano via, e dei luoghi cari che non si vorrebbero lasciare... - Felice lei che andrà così lontano, per tanto mare, per tanto mondo! Come vorrei volare anch'io, come vorrei venire! - Felice lei piuttosto, che rimane in questa città di cui il cuore porta via tanti ricordi... in questo nido di cui gli occhi non si saziano di baciare ogni angolo e ogni cosa!... - Questo dicevano i sorrisi vaghi, gli occhi umidi, erranti per quel salotto di cui tu conosci ogni gingillo, di cui ogni gingillo ha contato le tue ore felici, fortunato Alvise! - voi! - voi! - voi! - Ma non una parola d'amore, torno a dirvi. S'indovinava, era sottinteso, in ogni sillaba, in ogni frase, discorrendo di amici e di conoscenti... anche di Alvise - ella per provarmi ch'era lontano, tanto lontano dal suo salotto e dal suo pensiero! - io per rallegrarmi della sua assenza - per rallegrarcene intimamente tutt'e due, come eravamo lieti dell'assenza del Comandante... il quale però avrebbe potuto ascoltare tutto ciò che si diceva, lei ed io, senza dover snudare il brando, senza che l'angelo custode della sua casa avesse avuto motivo di tapparsi le orecchie.

In quella squillò di nuovo il campanello dell'anticamera, forte, improvviso, minaccioso: una scampanellata da padrone, di quelle scampanellate che vi pigliano pei capelli, e vi fanno saltare in aria. Ella impallidì visibilmente, e s'alzò di botto, come fuori di sé, agitando istintivamente la mano in un gesto vago. E tutto a un tratto mi si abbandonò fra le braccia, quasi stesse per svenire, cogli occhi smarriti, il seno palpitante... balbettando: - lui! lui! -

Proprio lui che l'aveva voluto, non è vero? Una povera donna il più delle volte si butta nel precipizio pel timore dell'abisso! Non ascoltava più, non capiva più che così facendo si accusava della colpa di cui eravamo innocenti... Innocenti dinanzi agli uomini e dinanzi a Dio! Essa era caduta come una morta sul canapè, fissando gli occhi spaventati sull'uscio, quasi aspettando di veder comparire di momento in momento il suo giudice e il suo giustiziere... Aspettai anch'io, in piedi, abbottonandomi macchinalmente l'uniforme, come si aspetta in un duello la pistolettata dell'avversario... cinque minuti... dieci... un'eternità. Nulla, non era stato nulla. La cameriera venne a dire poco dopo che eran venuti a cercare il padrone per un affare di servizio.

Accidenti al servizio! La povera signora mi sfuggì di mano come un'anguilla, e non volle più saperne di ripigliare il duetto, proprio quando avevo tante altre cose da dirle, quando il suo viso pallido e i suoi occhi stralunati mi davano le vertigini, mentre respingevami colle mani tremanti, balbettando: - Andatevene! andatevene!... -

Soltanto mi dava del voi; mi dava le mani tremanti e gli occhi che si smarrivano nei miei, bramosi e spaventati...

Nient'altro, amici miei... Una donna che ha paura, capite... La paura me l'aveva data un momento e la paura me la ritolse.

GIURAMENTI DI MARINAIO

- Giuratemi!... giurami! -

Chi non avrebbe giurato, al vederla così pallida sotto i nastri rossi del cappellino, al vedere i begli occhi lucenti e il sorriso triste che mi cercava come un bacio? - povera e cara Ginevra, innamorata sino ai capelli, in un *fiat*, da un momento all'altro, dacché le avevo confessato d'amarla, in segreto, senza speranza, da circa due mesi! - Anch'essa! anch'essa! Peccato che avessimo aspettato l'ultimo momento a dircelo! - Almeno voleva lasciarmi negli occhi, nel sangue, nell'anima, la sua immagine, il suo profumo, le ultime sue parole. - Lì, lì, e lì! in tutto voi, fin nel vostro vestito, dovunque sarete, sempre! - Era venuta per questo alla Villa, a quell'ora. - Non sapete quel che ci è voluto! - In ogni suo accento, nel suono della voce, nel muovere delle labbra, c'erano tali carezze che penetravano in me come una gran dolcezza, e come altrettante punture anche, di tratto in tratto, allorché pensavo ad Alvise che dicevano suo amante. - È gelosa, sapete!... di tutte!... di tutte le donne che avete conosciuto... La Seraffini, dite?... o la Maio... a costei le facevate la corte! Non negate. V'ho conosciuto in casa sua. Il guaio è che l'avrete compagna di viaggio sino a Genova! Giuratemi!... Neanche una parola!... almeno a lei... almeno a quelle che conosco!... Pensate a me, d'Arce! Pensate che vi veggo, laggiù, dovunque sarete, che vi seguo col pensiero, dal momento che metterete il piede sul battello, nella cabina, a tavola... Colei ci verrà pure, a tavola, dovesse rendere l'anima a Dio, per farvi ammirare le sue smorfie e il suo vestito da viaggio... -

Ella guardava tristamente il bel mare azzurro che doveva separarci per tanto tempo, fra poche ore, e aveva gli occhi gonfi di lagrime, e mi abbandonava la mano, senza curarsi della gente che poteva vederci - per altro erano delle coppie mattutine che venivano a cercare le ombre discrete della Villa, e avevano altro pel capo anche loro - senza pensare al pericolo che correva, senza pensare a quell'orco di suo marito... senza pensare ad altri. E mi si abbandonava tutta, con quella manina tremante di cui parevami di sentire le carezze e la febbre attraverso il guanto di Svezia; e intrecciava le sue dita alle mie, e si attaccava a me, voleva legarsi a me, per sempre - l'una dell'altro - col cuore gonfio ambedue di amore eterno, di costanza e di fedeltà - io a dispetto dei miei venticinque anni - ella col marito sulle spalle... ed Alvise, e tutti gli spergiuri latenti in una bella donna che ride volentieri, e ama sentirsi dire che il suo sorriso fa perdere la testa al prossimo... Allora balbettai:

- Anche voi!... anche tu... giurami!... -

Ella non rispose, colle mani nelle mie, gli occhi negli occhi, e una fiamma rapida le salì al viso: - Che posso farci? che posso farci? - voleva dirmi, povera donna. Ma a un tratto mi lesse in viso il nome di un altro, l'immagine odiosa del mio amico Alvise che tornava a mettersi fra di noi. - Oh! - mormorò, scolorandosi rapidamente. - Oh, d'Arce! -

Chinò il capo, passandosi le mani sul volto, e non disse altro. Aveva una peluria bionda che moriva dolcemente sulla bianchezza immacolata della nuca. Le dolci parole, il delirio, la frenesia che mi si gonfiarono in cuore allora per chiederle perdono! Come avrei voluto buttarmi a' suoi piedi e abbracciare i suoi ginocchi, i ginocchi che si accennavano vagamente fra le molli pieghe del vestito bigio!... Essa continuava a scuotere il capo, con un sorriso dolce e malinconico, e riprese:

- Quanti orrori vi avranno narrato sul conto mio... le mie buone amiche... lui stesso, fors'anche! Non negate... è inutile. Voglio che sappiate tutto... oramai, sul punto di lasciarci forse per sempre!... Come a un fratello... come in punto di morte... Mi crederete, d'Arce? mi crederete?... Sono stata un po' leggiera... un po' civetta anche, mettiamo... Ecco, vi dico tutto! In casa mia poi, bisogna sapere quante noie! Che scene e che musi lunghi per un misero ballonzolo, fra quattro gatti... per andare una sera a teatro... Non sono né vecchia né gobba infine. Mio marito invece vorrebbe tenermi sotto chiave nella santabarbara della sua nave. Pedante, sospettoso, uggioso! Una cosa tremenda, caro mio! Allora, capite bene... se bisogna nascondergli le cose più innocenti... la colpa è tutta sua... E una povera donna... a meno di finir tisica... Sì, parola d'onore, tante volte ho sputato sangue. Chi sa se mi troverete ancora quando tornerete in Italia, povero d'Arce!... Vi ricorderete sempre di me, dite? Verrete a trovarmi al camposanto? -

Trasse pure il fazzolettino dalla tasca del petto, e se lo recò alla bocca, tossendo un po', con certe piccole scosse che facevano sollevare gli omeri delicati sotto la giacchetta attillata, e le inumidivano gli occhi di un languore sorridente, e le facevano il viso tutto color di rosa. No, no, non volevo sentirla parlare così! L'avrei difesa da quelle malinconie, fra le mie braccia, stretta stretta. Ella schermivasi gaiamente; minacciava pure col fazzolettino... - Badate!... Che matto!... Siamo due matti!... Avete sempre quel brutto sospetto? No, sentite, voglio dirvi tutto. È meglio che sappiate tutto da me stessa... pel caso che egli vi abbia fatto le sue confidenze... *quell'altro*... giacché siete suo amico... Sì, lo so... voialtri uomini siete discreti... Lasciamola lì! È vero che mi ha fatto un po' di corte... come tanti altri... più degli altri anche... E me la son lasciata fare. Mio marito... me lo ha messo fra i piedi lui stesso, il vostro amico, col pretesto di farne il suo ufficiale d'ordinanza... E gli ha attaccato il suo male pure... le sue esigenze e le sue gelosie. Dite la verità, vi avrà fatto delle scene anche a voi, Alvise? Un bel divertimento, quei musi lunghi! E senza averne il diritto, vi giuro! Mi credete, d'Arce! mi credete? Vedete adesso come sono venuta a voi!... Lo sapete... da due mesi... i miei occhi che vi dicevano... - Poi, a voce più bassa, accostando il viso al mio, figgendomi gli occhi nell'anima, con un sospiro: - Tua! Soltanto tua!... Mi credi? -

Li avessi visti ai suoi piedi, in quel momento, il marito, e *quell'altro*, mi avessero detto che anche loro... Avrei giurato che mentivano. Mi turbava però il rimorso delle infedeltà che le avevo fatto... prima di conoscerla... e anche dopo... Sì, delle vertigini... qualche momento di oblio... Ero arrivato a farle di queste confessioni, in quel punto, nel caldo della passione... Volevo dirle tutto, per ispirarle la mia fede, perché non avesse a dubitare anch'essa, mentre saremmo stati tanto lontani!... - Ah, sentite, è una cosa terribile! Volersi tanto bene... proprio all'ultimo momento... volersi così!... E neanche la punta di un dito!... Non mi guardate a quel modo, per l'amor di Dio!... Proprio un amore senza macchia e senza paura, questo nostro!... Ah! quel sorriso che mi fiorirà sempre in cuore! Quella fossetta che fate sulla guancia, ridendo!... Un amore siffatto non deve aver paura di nulla... e di nessuno... del tempo che passa...

- Che ora sarà adesso? - chiese a un tratto lei.

Erano circa le due. Essa s'alzò in piedi sgomenta.

- Dio mio! così tardi! Ah, povera me! - Poi mi stese la mano e volle pure cavarsi un po' il guanto, buona e cara Ginevra, perché le baciassi il polso sulla nuda carne, lì, dove la piccola vena azzurra avrebbe voluto portarmi su su pel braccio, e le labbra volevano struggersi. - Addio! addio! - Per ricordo strappò una foglia dal cespuglio, dandomene la metà; l'altra se la nascose dentro il guanto, proprio dove si era posata la mia bocca. E nel viso affilato, negli occhi, nella voce, la poveretta aveva il medesimo struggimento che sentiva, pareva che non potesse staccarsi da me. Dovette fare uno sforzo - come uno strappo, nell'ultima stretta di mano - e se ne andò frettolosa, pensando ch'era tardi. Ho ancora nelle orecchie il fruscìo della sua sottana di raso. Povera Ginevra, come doveva avere il cuore gonfio anche lei! E le sarebbe toccato dissimulare poi col marito e con tutti gli altri! Almeno io... Io mi posi a sedere dove essa era stata, andai a rintracciare il ramoscello dal quale aveva strappato la fogliolina. Feci insomma tutto ciò che fanno gl'innamorati in casi simili. Infine dovetti accorgermi che si faceva tardi e che avevo ancora la valigia da terminare.

La prima persona che vidi sul battello, al momento d'imbarcarmi, fu Alvise, il buon Alvise che era venuto a salutarmi, e mi stendeva la mano, a mia confusione. Gliela strinsi con un po' di rossore al viso, ma grato e commosso, quasi mi avesse recato qualcosa della donna che amavamo entrambi. Non c'era nulla di male, se l'amava anch'esso, giacché lei non poteva soffrirlo, e mi preferiva a lui, e si lasciava rubare a lui. Per nascondere il mio imbarazzo gli domandai se ci fossero già dei passeggeri a bordo. - No, non molti - rispose lui. - La signora Maio, una simpatica compagna di viaggio -.

La signora Maio risaliva sul ponte in quel momento; c'incontrammo insieme alla scaletta. - Oh, d'Arce! - Colei è un vero demonio, poiché al vedermi quella faccia i suoi occhi si misero a ridere da soli sotto il velo blu; e non la finiva più colle domande: - Dove andavo - se mi era toccata una buona destinazione - se sarei stato un pezzo laggiù - se mi rincresceva di lasciare l'Italia - il bel cielo di Napoli - gli amici...

- Ah, Ginevra! Buona Ginevra! Che pensiero gentile!... che piacere mi hai fatto!... -

Era proprio lei, la buona Ginevra, che inaspettatamente veniva a dare il buon viaggio alla cara amica che odiava, come Alvise era venuto per me. - Per voi! per vedervi ancora un'ultima volta! - dicevano i suoi occhi nel rapido sguardo che mi rivolse. E bastò per farmi rizzare le orecchie sul vero motivo che aveva condotto Alvise a bordo, e farmi allungare tanto di muso. Però essa era meno imbarazzata di me, che dovevo esser pallido in modo ridicolo. Filava imperturbabile il cinguettìo delle donne che non vogliono dir nulla, con la sua amica, con Alvise - a me rivolse appena qualche parola. - Ah, va via anche lei? Partono tutti! Cosa hanno al Ministero che vi mandano tutti via? - Poi fu colta d'ammirazione pel berrettino da viaggio della signora Maio, un cosino di stoffa eguale al vestito, ch'era un amore, posato bravamente sui bei capelli castani, avvolti nella garza che dava una straordinaria finezza al bel visetto ardito e al mento spiritoso. Si mise ad accomodare le pieghe con un buffetto che sembrava una carezza, dietro le spalle della sua amica, e intanto mi lanciò pure un'occhiata tremenda. - L'amica prestavasi discretamente alla manovra, col tatto di una donna che sa vivere e lasciar vivere, tutta per lei, affabilissima anche con Alvise, dimenticando quasi che io fossi lì, come un intruso in quel terzetto spensierato che lasciava suonare la campana della partenza senza badarci.

Infine la ragazza che andava in giro col piattello a raccogliere i soldi pei virtuosi che ci avevano strimpellato l'augurio di buon viaggio, il cameriere che spingeva verso la scaletta i venditori di cannocchiali e di pettini di tartaruga, fecero capire ch'era il momento di separarci.

Le due amiche si buttarono le braccia al collo. Alvise s'ebbe pure la sua stretta di mano all'inglese dalla signora Maio, la quale trovò un mondo di saluti da lasciargli, per lui, pei suoi amici, per tutto il genere umano, occupandolo, impadronendosene, pigliandoselo tutto per sé, tenendolo sempre per mano, mentre Ginevra stringeva la mia forte forte - fu l'unico segno - e le labbra che tremavano, il sorriso che spasimava, e l'occhiata lunga... Poi la rivolse sull'amica, scintillante, e quasi minacciosa.

- Buona Ginevra! - osservò la Maio, rispondendo al saluto che essa continuava a mandare dalla barchetta, mentre si allontanava in compagnia di Alvise. - E pensare che le toccherà pigliarsi delle osservazioni da quell'orso del Comandante, se egli arriva a sapere... -

La gentile signora volle ancora restar lì, appoggiata al parapetto, perché la nostra amica potesse continuare a salutarci, rispondendo al saluto col fazzoletto anche lei, di tanto in tanto, sbadatamente e guardando altrove. Poi mi lasciò solo, e scese nella cabina, allorché il fazzolettino della barchetta poté seguitare a sventolare da lontano senza compromettersi. Caro fazzolettino che tremava nella brezza, e palpitava verso di me, e moriva nella caligine della sera, sul fondo già scuro del bel lido che cominciava a formicolare di lumi, a destra verso Portici, a sinistra per la Riviera. Quante volte avevo colà cercato i nastri rossi del tuo cappellino, amor mio, e i tuoi occhi bramosi mi avevano detto: - Sì, sì, lo so!... Io pure!... - Tu pure pensi a me in questo momento, e cerchi il lume del mio bastimento fra gli altri lumi che si allontanano dal porto, mentre Alvise ti dà la mano per aiutarti a scendere a terra, seccatore! Egli può ancora udire lo scricchiolìo delle tue scarpette che si affrettano verso una carrozzella, e vedere il tuo piedino che si posa sul montatoio. Qual via farai per andare a casa? San Ferdinando... Chiaia... Le vetrine scintillanti del Caffè d'Europa, dinanzi a cui tu passi come una visione... Gli oziosi che stanno a vederti dal marciapiedi! Quante volte ti ho aspettata anch'io, lì... Lo sai che ti vedo... e ti accompagno cogli occhi, io pure... passo passo, come tu promettesti di pensare a me?... Come ero felice di sentirti parlare, di sentirti dire che volevi seguirmi col pensiero, col cuore, ogni momento, dacché avrei messo il piede sul ponte, nella cabina, a tavola!... Povera e cara Ginevra! ti seccava che ci dovesse venire quell'altra, a tavola! Ti seccava, come mi secca che Alvise ti abbia accompagnata... Eri gelosa... E senza motivo, credi! Colei ha capito subito che son ben preso, sino ai capelli, tutto tuo!... Non è mica una sciocca la signora Maio!... E a tavola non vorrà perdere il tempo a farmi ammirare le sue smorfie, come le chiami, cattiva! Non vorrà che io rida di lei sotto i baffi... Ed io non voglio ch'essa rida di me, se non mi vede a pranzo, se le lascio immaginare che io stia qui a *pascermi di lei*... com'ella suol dire quando il suo musetto sardonico vi mette tutti i diavoli in corpo.

La signora Maio però non era scesa a tavola. Il posto di lei rimaneva vuoto, a destra del capitano. Ma l'udivo muoversi nella cabina, dietro le mie spalle, con un fruscìo d'abiti che mi turbava, a volte sommesso, quasi timido e pudibondo, a volte alto e brusco, come agitato da un'improvvisa fantasia. Che diavolo faceva la bella signora? Si sentiva male? Stava per coricarsi? Non la finiva più di sgusciare delle sottane e di sfibbiare dei ganci?... Il vestito, no... Quello non era il *frù-frù* vivo della seta... Era piuttosto il fruscìo molle della biancheria più intima. Pareva di sentirne il profumo all'ireos. Il fatto è che mi guastava il pranzo, mi dava delle distrazioni, una tensione d'udito in cui sembravami di vedere ogni parte del suo vestiario, a misura che le passava per le mani, di vederla nelle bottiglie e negli specchi dirimpetto, colle braccia nude, pettinandosi per la notte. - Buona notte che avrei passato con quella cabina attaccata alla mia! - Povera Ginevra, le parlava il cuore! - Talché non volli aspettare neppure il caffè, e andai sul ponte a fumare un sigaro... e pensare *a lei*...

- Bravo, d'Arce! Venite a farmi compagnia, - udii una voce che mi chiamava da poppa. Proprio la Maio, che desinava tranquillamente, al lume della bussola, col piatto sulle ginocchia.

- Come... voi qui! - mi scappò detto.

- Grazie! Credevo che aveste già notata la mia presenza a bordo, ingrato! - rispose sorridendo e mordendo una fetta di pera.

- Mi era parso di sentire... Chi c'è dunque nella vostra cabina?

- La cameriera, credo. Starà mettendo in ordine la mia roba. Pensate che devo starci quattro o cinque giorni in quella gabbia!

- Tanto meglio!

- Tanto meglio, sia pure, giacché siete in vena d'amabilità. Intanto mi tocca far penitenza, come vedete...

- L'avrei fatta anch'io volentieri con voi, se avessi saputo...

- Oh, voi... è un'altra cosa. Prima di tutto siete corazzato... sul mare; e poi vi sono i regolamenti, che so io, tutti quegli ostacoli che avete immaginato voialtri... a bordo. Mentre io... povera donna... Mi è riuscito di intenerire il cameriere... con un po' di buona volontà... È una vergogna! In tanti anni che ho l'onore di appartenere alla marina di Sua Maestà... per via di mio marito, non sono arrivata a farmi il piede marino, come dite voialtri; e se non voglio morir di fame bisogna prendere delle precauzioni. Volete prenderne anche voi? Lì, in quel sacchetto, c'è della menta di VanPol eccellente. Fumate pure, sapete che la sigaretta non mi dà noia. Non ci conosciamo da oggi, mi pare! Anzi, se volete darmene una anche a me... -

Mentre allungava il musetto color di rosa per accenderla, quasi volesse baciarmi, mi parve di vedere un altro punto luminoso nei suoi occhi, un balenìo che diceva: - Traditore! - Ma si tirò subito indietro, per farmi un po' di posto nel seggiolino pieghevole al quale aveva appoggiato i piedi, avvolgendosi nel suo mantellone da viaggio.

Invece, come attratto, mi accostai a lei, guardandola dal basso, col sorriso sincero di quei momenti, dicendole colla voce un po' roca:

- Sapete che mi hanno dato la cabina accanto alla vostra?

- Tanto meglio.

- Per voi forse... Ma per un povero diavolo...

- Ah, la tentazione? Beveteci sopra un bicchier d'acqua. Del resto vi prometto che passerò la notte sopra coperta. Laggiù si soffoca... Il faro di Napoli! - interruppe a un tratto, additando un punto luminoso in fondo.

Sembrava un occhio che ci spiasse dall'orizzonte buio, ora tremulo, come velato di lacrime, ora raggiante all'improvviso. Sembrava che giungesse sino a noi, col mormorìo vasto e profondo del mare, l'eco della città, coi sospiri soffocati, con voci misteriose, con canzoni malinconiche. La Maio s'alzò, vacillante pel rollìo del bastimento, e prese il mio braccio, appoggiandovi anche il petto nel fare qualche passo, sfiorandomi col vestito, col mantello grave che mi si avvolgeva alle gambe e mi legava.

- Non mi reggo, no caro d'Arce! A momenti vi casco nelle braccia! - balbettò fra due scoppi di risa soffocati che risuonavano come una musica.

Infine si fermò presso la sponda, senza lasciare il mio braccio, col gomito sulla ringhiera, e il bel mento delicato sulla mano nuda, guardando sempre laggiù, verso il punto luminoso.

- Cara Napoli! A quest'ora i nostri amici saranno tutti allo *Châlet*. Vi rammentate le belle serate allegre?... Quando il marito di Ginevra non era di cattivo umore, povera Ginevra... Come è stata buona venendo a salutarmi sino a bordo!... Tutta cuore... si farebbe in quattro pe' suoi amici... È per questo che ne ha molti... e devoti... voi, Alvise... Mi sembra di vederlo quel diavolo di Alvise, a combinare il giochetto per nascondere a quell'orso di marito l'innocente scappata d'oggi... d'accordo con Ginevra... Il solito giuoco di bussolotti... là, là, e là!... -

Questa volta essa aveva il sorriso diabolico in bocca, mentre picchiava sul parapetto colla mano nuda. Era sempre stata la mia passione quella mano un po' lunga, un po' magra, che diceva tante cose e faceva perdere la testa. Mi chinai su di essa e la baciai.

Ritirò la mano, lentamente, senza dir nulla; ma il sorriso le morì sulle labbra che parvero tremare e scolorirsi.

- Ecco come siete, tutti quanti!... - mormorò dopo un momento, guardandosi intorno, e passandosi la mano sul viso.

Eravamo soli, nascosti dalla parete della scala; la presi per forza e la baciai sulla bocca avidamente, felice di sentire che già si abbandonava, come fosse la prima volta.

- Dite la verità - mi chiese poi. - Ve la siete fatta dare apposta la cabina accanto alla mia? -

Alvise aveva ragione di dire che era una simpatica compagna di viaggio: allegra, graziosa, riboccante di spirito, e senza malinconie.

Se qualche momento ne avevo io, delle malinconie, ripensando alle ultime parole della mia Ginevra, ai suoi begli occhi lagrimosi che mi chiedevano di esserle fedele, quest'altra metteva la miglior grazia a farmi tosto spergiuro... e contento. Una di quelle donne che non passano la pelle, ma che sanno accarezzarla. Discreta poi! Mai una allusione o una parola. Sapeva forse che il mio cuore era preso, e si contentava del resto. Talché continuai a trovarla anche dopo che fummo arrivati a Genova, mentre aspettavo l'imbarco per Montevideo.

- Sapete, povera Ginevra... - mi disse un bel giorno, leggendo una lettera che le era giunta allora da Napoli. - Pare che abbia avuto dei guai laggiù, per quello scapato di Alvise... S'è lasciata cogliere dal marito, la sera stessa che partimmo, vi rammentate? -

A quella notizia dovetti fare un viso molto sciocco, poiché ella soggiunse, col suo ghignetto malizioso, stavolta:

- Ve l'aveva fatto anche lei, il giuramento del marinaio? -

- Badate! Egli sa tutto! -

La signora Ginevra era pallidissima lasciando cadere quelle parole a fior di labbra, rapidamente, mentre fingeva di rispondere con un sorriso al profondo inchino di Alvise Casalengo, allungandogli, nel passare, una stretta di mano breve e confidenziale. Egli, inquieto, cercò cogli occhi il marito di lei nell'altra sala.

Ma non poté chiederle altro. La folla li separò tosto. Ella, sorridente sempre, scollacciata sino al dorso, scintillante di gioie, aggiravasi fra i tavolinetti preparati per la cena, chinandosi a odorare i fiori, ad ammirare tutte quelle graziose ventoline colorate; rispondeva gaiamente ai saluti, agli auguri, alle strette di mano. In fondo alla sala, nel gran specchio inclinato sul caminetto, si mirò un istante ad assicurare la stella di brillanti che le tremolava fra i capelli, pallidissima, quasi la sfumatura livida che le accerchiava i begli occhi si fosse allargata a un tratto per tutto il viso delicato.

- Sola? - esclamò la contessa Maio. - Libera e sola? Che miracolo!

- Sì - rispose Ginevra collo stesso tono allegro. - Una volta ogni fin d'anno almeno!... Ho lasciato Silverio in anticamera... coll'ammiraglio... Sono fuggita... -

Le parole e le labbra ridevano. Ma gli sguardi erravano inquieti, come cercando ancor essi. Alvise, sempre vicino all'uscio, stava a discorrere col suo amico Gustavo, tranquillamente, lisciandosi i baffi tratto tratto per dissimulare una ruga sottile che gli si contraeva di tanto in tanto all'angolo della bocca, e l'ansietà acuta che balenava suo malgrado negli occhi, i quali volgevansi spesso verso il salotto d'ingresso. Dietro a un vecchietto calvo, dinanzi a cui tutti s'inchinavano, entrò il marito della bella Ginevra, col fiore all'occhiello, salutando gli amici, baciando la mano alle signore, solamente un po' duro e un po' rigido nel vestito nero, con un lieve aggrottar di sopracciglia appena incontrò lo sguardo fermo e rispettoso di Casalengo, il quale lo aspettava sull'uscio, piantandosi militarmente.

- Ah, lei, tenente?... Ha terminato quel rapporto? -

Casalengo stava per rispondere, quando la signora Gemma, ad una parola dettale rapidamente sottovoce dalla sua amica Ginevra, la quale aveva seguìto ansiosa quell'incontro, con occhi che luccicavano intensi, quasi tutti i suoi lineamenti si alterassero all'improvviso, mentre passava macchinalmente il fazzolettino sulle labbra, attraversò la sala rapidamente, per andare a impadronirsi del Comandante.

Poscia tornando trionfante al braccio di lui, le chiese:

- Ha caldo?

- No... Sì, veramente... Un po'...

- Sei pallida. Fa troppo caldo qui, cara Ginevra.

- No, no... Non importa... -

La buona Gemma, intanto, aveva sequestrato il Comandante nel vano di una finestra, tenendolo a bada con delle chiacchiere, interrompendosi con delle risate argentine che squillavano in mezzo al brusìo della sala, facendo di tutto per sedurre quell'orso, saettando di tempo in tempo alla Ginevra un'occhiata lucente che voleva dire: - Che diavolo è successo? - Indi prese il braccio dell'Ammiraglio e lo condusse verso il canapè, stordendo anche lui col suo cicaleccio allegro, continuando a guardar come distratta, come a caso, la sua amica e il marito di lei ch'era preso adesso nel circolo della contessa, voltandosi più guardinga verso il salotto dov'era andato a cacciarsi Casalengo insieme al suo camerata Gustavo. Infine Gemma abbandonò l'Ammiraglio alle altre signore, e passò nel salotto anche lei. Ginevra li vide che discorrevano animatamente con Casalengo. Egli coll'aria grave, rispondendo a monosillabi, Gemma diventata seria, con un interesse che tradivasi dai minimi gesti, per quanto fosse abituata a padroneggiarsi in pubblico. Gustavo s'era dileguato al par di un'ombra.

Una domanda a lei rivolta la fece trasalire in quel punto: Serravalle che le chiedeva un valzer e insisteva per averne la promessa: - Le fo paura? Non vuol vedermi neppure? È ancora in collera, dopo tanto tempo? -

Essa lo guardò un istante come trasognata, battendo le palpebre, col bel sorriso pallido che stentava a rifiorire sui lineamenti disfatti: - Ah, lei?... No! Mai più... Del resto non si ballerà...

- Sì, sì, dopo cena, me l'ha detto la contessa... per cominciare l'anno nuovo... Cominci l'anno con una buona azione, lei!... Non ce n'è un'altra che balli il valzer come lei!... Dica di sì! dica di sì!... un giro solo!... l'ultimo...

- Mai più! mai più!... Sarebbe il primo dell'anno nuovo, se mai... Non voglio passare tutto l'anno a svenirmi nelle sue braccia... Sul serio, lei gira troppo in furia... Mi fa girare il capo... Si rammenta?

- Ah! per l'amor di Dio... Non me lo rammenti, piuttosto! Non me lo faccia perdere il capo, lei!... Ha detto di sì!... Consegno qui la sua promessa!... -

Ella rideva tutta quanta, come una bambina, a scatti, con una fossetta sulla gota, con certi movimenti che facevano sbocciare gli omeri delicati dalla scollatura del vestito. Altri giovanotti le fecero ressa intorno, mentre Serravalle se ne scappava segnando nel taccuino il valzer che le aveva quasi strappato a forza. Ciascuno la supplicava d'accordargli un posto al suo tavolinetto, nel va e vieni degli invitati che sedevano a cena a piccoli gruppi di tre o quattro, con delle esclamazioni giulive, degli scrosci di risa, dei nomi barattati da un tavolino all'altro, un fruscìo di seta, un luccicare di gemme, delle spalle nude che si chinavano con movimenti graziosi. Ella tenendo testa a tutti quanti, schermendosi col ventaglio, ribattendo i frizzi e le galanterie, spiava sottecchi ogni atto, ogni gesto di suo marito e di Casalengo, il quale stava cercando il suo posto anche lui. I loro sguardi si evitarono d'accordo, non appena s'incontrarono, per caso. Il Comandante, dando il braccio alla contessa, le parlava nel viso, allegro e disinvolto anche lui. La signora Ginevra, ritta dinanzi al posto dove aveva letto il suo nome sul cartoncino litografato, cavava adagio adagio le mani scintillanti di anelli dall'apertura del guanto che le saliva sino al gomito, avvolgendoli mezzi intorno al polso... Gemma, che aveva potuto raggiungerla finalmente senza dar nell'occhio, le chiese sottovoce, brevemente:

- Cos'è stato?

- Nulla... Ti dirò poi... -

Ella così dicendo s'era chinata a leggere i nomi dei suoi compagni di tavola. Ma scorgendo quello di Alvise di faccia a lei, un'attenzione delicata della contessa, che studiavasi di mettere insieme bene i suoi invitati, non seppe reprimere un moto come di sgomento.

- No, no... per carità... -

Gemma colse a volo il significato di quelle poche sillabe: - Casalengo, faccia il piacere... venga qui, con me... Mi liberi da Sansiro, che è una vera persecuzione... -

Sansiro, il quale dovette prendere il posto di Alvise Casalengo, di faccia alla signora Ginevra, fece un inchino troppo profondo, che gli valse un'occhiata fulminante di lei. Però in mezzo all'allegria generale lui solo rimaneva straordinariamente grave e taciturno, senza la più piccola freddura, senza permettersi con la bella Ginevra una sola delle spiritosaggini che facevano scappare le signore, quasi avesse voluto protestare col suo contegno contro l'accusa della signora Gemma. Affettava di volgere le spalle a Casalengo; chinava gli occhi sul piatto se la signora Ginevra volgeva i suoi verso il tavolinetto vicino. Mostravasi servizievole e premuroso; ma discretamente, con un certo sussiego, parlando poco e di cose serie. Bruni, che era il terzo, faceva lui per tutti e tre.

Nondimeno la festa languiva in quell'angolo della sala, malgrado gli sforzi di Casalengo che stuzzicava e tormentava peggio di Sansiro la signora Gemma. La povera Ginevra s'era fatta seria, quasi sentisse pesare di tanto in tanto sulla sua graziosa testolina gli sguardi acuti del marito, il quale dal canto suo battevasi i fianchi per tener desta l'allegria nel crocchio della contessa. Gli uomini fingevano di essere occupatissimi nel fare onore alla cena, le signore sfioravano appena un'ala di fagiano o accostavano il bicchiere alle labbra. Sembrava che un'invincibile musoneria si propagasse da quel cantuccio per tutta la sala, senza che una parola fosse stata detta, senza che un'indiscrezione fosse sfuggita, senza che un gesto avesse tradito il segreto, quasi l'istinto di tutti quei complici mondani li avesse avvertiti insieme del dramma che celavasi sotto il sorriso. Il Comandante, vuotando l'uno dopo l'altro dei gran bicchieri d'acqua, animava però da solo il circolo della padrona di casa, la quale coll'occhio vigile intorno, col sorriso amabile per tutti quanti, guardava di tratto in tratto l'orologio posto di faccia a lei sul caminetto. A un dato momento, quand'essa toccò il bicchiere del Comandante con un dito di *champagne* spumante in fondo al suo, gli invitati si alzarono frettolosi. Degli auguri, dei baci, degli accenni, dei saluti s'incrociarono da un punto all'altro, da un tavolino all'altro. Un muovere di seggiole, uno scomporsi di gruppi, una cordialità generale e un po' chiassosa che voleva essere sincera. Dei sorrisi che si cercavano, e degli sguardi che si spiavano a vicenda. La signora Ginevra aveva chinato i suoi per tornare ad infilarsi i guanti. Gemma, nello scambiare con lei il bacio d'augurio, le disse all'orecchio:

- Bada, Ginevra! Non ti far scorgere. Hai tutti gli occhi addosso!

- Ah, Dio mio! Dio mio! -

Poscia mentre s'avviavano a braccetto verso il pianoforte, dove una folla di signore assediava l'Ammiraglio che sorbiva lentamente il caffè, essa balbettò:

- Tieni a bada mio marito... per carità.. due minuti soli... -

E siccome Gemma insisteva per sapere cosa fosse avvenuto, infine, aggiunse:

- Ti dirò poi... ti dirò poi... -

L'Ammiraglio narrava una storiella allegra, con tutti i punti e le virgole, senza lasciarsi intimidire dal coro delle proteste, dalle esclamazioni di rimprovero, dai ventagli che lo minacciavano. Gemma facendo coro alle sue amiche, coll'indignazione anch'essa nella bocca sorridente, era riuscita ad insinuarsi fra il Comandante e l'uscio del salottino dove si fumava: - Che orrore!... Siete un orrore!... tutti quanti! Anche lei, Silverio! Sì, anche lei che trova da ridere a coteste infamie! - Col busto inarcato, volgendo indietro la testolina accesa, ella seguiva colla coda dell'occhio la sua amica che aveva l'aria di fuggire lei pure Gustavo e Serravalle troppo insistenti dietro di lei. - No, no, Ginevra! non stare ad ascoltarli!... Sono diventati impossibili!... tutti quanti! -

Così dicendo tornò a prendere il braccio dell'amica, giusto sull'uscio del salotto in fondo al quale Casalengo stava fumando una sigaretta, appoggiato alla spalliera della poltrona.

- Che vuoi fare, Ginevra? No, per l'amor di Dio! Sta' attenta! Tuo marito ha un certo viso questa sera!

- Bisogna ch'io gli parli... assolutamente!... Non ho avuto tempo d'avvertirlo... Se mio marito riesce a trovarsi solo con lui prima che io l'abbia prevenuto nascerà qualche disgrazia!... -

La poveretta era convulsa mentre balbettava quelle parole, sottovoce, coll'aria più indifferente che poteva, nello stesso tempo che accostava il capo ad ammirare la bella croce di brillanti sul petto dell'amica. - Ah, Dio!... -

Suo marito entrava in quel momento nel salottino, diritto, calmo, arrotolando fra le dita una sigaretta. Poi si chinò per accenderla a quella di Casalengo, mentre la moglie in fondo alla sala, sentivasi venir meno, colla visione di quei due uomini che si trovavano faccia a faccia negli occhi stralunati. La contessa, che vedeva ogni cosa dal suo posto, si mosse subito, e passò immediatamente nella stanza dove fumavasi.

- Ah, Dio mio! - balbettò la povera Ginevra.

- Via, mia cara!... Vedi!... È lì la contessa. Non c'è pericolo pel momento... -

Essa, interrottamente, con un soffio di voce, le labbra smorte e convulse, gli sguardi erranti qua e là, disse cosa era stato.

- L'ordinanza l'ha visto venire ieri sera... tardi... Ha detto ogni cosa a mio marito... io non ho avuto tempo di suggerire una scusa *a lui*... -

Intanto davano mano a sgombrar la sala per far quattro salti. I giovani aiutavano, allo scopo di impietosire la padrona di casa e strapparle un sì. Ma la contessa tappavasi le orecchie per non lasciarsi sedurre, ostinata, inflessibile, tossendo in mezzo al fumo delle sigarette, diceva sempre di no, ridendo e colle lagrime agli occhi.

- No, no... Dite anche di no, voialtri signori mariti!... Aiutatemi!... Lo faccio per voialtri... È tardi... Me ne dispiace, miei cari giovinotti, ma questo non era nel programma... Non voglio farmi tanti nemici... - Il Comandante Silverio l'appoggiava ridendo. Anzi, si avvicinò alla moglie, per farle osservare dolcemente ch'erano circa le due, che essa aveva l'aria un po' stanca, che si sarebbe affaticata troppo e sarebbe stata una vera imprudenza per lei così delicata... così cagionevole... Invano Gemma frapponeva le sue preghiere, il suo ventaglio, l'impegno con Serravalle. La sua amica, in un momento che nessuno poteva udirla, l'aveva supplicata:

- Non mi lasciare andare!... Ho paura!... -

I giovanotti muovevano cielo e terra. Infine, come la vinsero, appena risuonarono le prime battute festanti del valzer, la bella peccatrice si lasciò prendere dal ballo, tutta, diventata tutt'altra donna da un momento all'altro, col viso acceso, gli occhi ebbri, il seno palpitante, spensierata, gaia, una bambina, dimenticando ogni cosa, passando da un ballerino all'altro senza un'esitazione o una preferenza. Quando incontrò la mano di Alvise, febbrile e parlante, nella contraddanza, essa gli porse due dita inguantate, come a tutti gli altri. Casalengo ballava anche lui disperatamente, senza riposarsi un minuto, senza lasciare il tempo a un pensiero o ad una parola molesta di intromettersi fra lui e le ballerine che andava invitando una dopo l'altra, quasi indovinando e obbedendo a una parola d'ordine. A un dato punto, nel bel mezzo d'uno sfrenato galoppo, la signora Gemma gli buttò sul viso poche parole rapide.

Le signore s'accomiatavano infine, ancora anelanti, un po' rosse, coll'allegria e l'eccitazione nelle parole e nel gesto. Alvise Casalengo, che era venuto a salutare fino in anticamera la signora Ginevra, disse tranquillamente al marito di lei che l'aiutava ad infilare la pelliccia:

- Comandante, per terminare quel rapporto che mi ha ordinato mi occorrono alcuni schiarimenti... Ero venuto a chiederglieli... ieri sera...

- Ah! - rispose Silverio piantandogli gli occhi in faccia. - Va bene. Mi spiegherà poi... -

Alvise vide biancheggiare fugacemente le sottane di lei che montava in carrozza senza neppure osare di volgere il capo, e rimase inquieto sulla porta, lasciando spegnere il sigaro, colpito dallo sguardo del marito, il quale esprimeva chiaramente di non credere alle sue parole, e dal tono brusco di quella risposta che gli faceva immaginare ciò che sarebbe accaduto più tardi in casa Silverio.

Accadde che a quattr'occhi, nel disordine profumato dello spogliatoio, dove la Ginevra, poveretta, s'era lasciata prendere dalle convulsioni, discinta, coi bei capelli sciolti, fra le lagrime calde e le calde parole, e il dottore per giunta, chiamato in fretta e in furia, e ch'era lì sempre fra i piedi, a tastarle polso e ordinare calmanti, il marito dovette convincersi che Casalengo era proprio venuto a cercarlo per un motivo innocentissimo, e il giorno dopo, quando Alvise venne a prendere gli ordini come al solito, in tenuta bianca, un po' pallido soltanto per la stanchezza della notte, gli disse battendogli sulla spalla:

- Quel benedetto rapporto ci ha dato un gran da fare, a lei e a me! Se ne sbrighi in due parole, e mi dica subito quali schiarimenti le occorrono, senza bisogno di tornare a incomodarsi stasera -.

NÉ MAI, NÉ SEMPRE!

Se un angelo del cielo fosse disceso a promettere sul serio la dolce lusinga che Casalengo credevasi obbligato di tubare tratto tratto all'orecchio roseo della signora Silverio, nei momenti buoni: - Per sempre uniti! - L'uno dell'altro! - Sempre! - lei, no. Lei non ne diceva delle sciocchezze, neanche in quei momenti...

Ora poi, da che aveva corso il pericolo di vedersi cascare fra capo e collo tanta felicità, per l'imprudenza di un domestico - da che suo marito stava in guardia e minacciava una catastrofe, era diventata prudente, in modo da far disperare Casalengo, l'imprudente! - Ah, no, mio caro! Se sapeste, che paura! -

La bomba scoppiò all'improvviso, quando meno la povera signora sentivasi disposta a dar fuoco alle polveri: uno di quei colpi di vento o di follìa che vi fanno perdere la bussola. E Casalengo l'aveva persa davvero dietro a quella donna che rassegnavasi docilmente al supplizio di non riceverlo più da solo a solo - specie quando la incontrava al ballo o in teatro, e non poteva neppure metterle un bacio sull'omero nudo. Qualcosa gli diceva: - Bada, essa non è più quella di prima. C'è qualcosa, un pensiero fisso, un segreto, *un altro*, negli occhi che ti guardano, nelle labbra che ti sorridono, nel gesto, nel suono della voce. Proprio! il vostro peccato, che vi si rivolta contro, e vi punisce...

- Ginevra! È impossibile durarla così... quando si ama... se mi amate ancora...

- Ingrato! - ribatté lei, fermandosi un minuto solo, sull'uscio della sala da giuoco.

- Perdonatemi... Avete ragione... sempre. Ma mettetevi nei miei panni, s'è vero che mi amate...

- Lasciatemi! Lui s'è voltato a guardarci... Avete visto? -

Aveva ragione, sempre, lei; anche quando rideva e civettava in mezzo a una folla di cicisbei per sviare i sospetti; mentre lui doveva tenersi in corpo il dubbio, la febbre, la gelosia, in fino! la smania di sapere e di toccare con mano la sua disgrazia, di stringersela fra le braccia, e di conficcarsela ben bene nel cuore - costretto a mostrarsi disinvolto anche lui, onde evitare il ridicolo, allorché finalmente ella volle offrirgli una tazza di thè, nel vano di una finestra.

- Grazie. Me la son meritata. È vero.

- Ma... secondo. Lasciatemi guardarvi in viso...

- Ah no! Non facciamo imprudenze! Io, per esempio, potrei vedere nel vostro qualcos'altro...

- Che cosa?

- Lui...

- Lui, chi?

- Lui, *quell'altro*... Vedete se sono buono! -

Il poveretto arrivava a bruciarle sotto il naso il granellino d'incenso della gelosia amabile. Una cosa deliziosa. Ella, ridendo, diceva di no, di no, col sì negli occhi.

- Un altro, chi? Siete matto?

- Che so io... il sogno di stanotte, il chiaro di luna, la canzone che passa, l'ultima parola che vi è rimasta nell'orecchio, fra tante... forse senza che ve ne siate accorta voi stessa... -

Casalengo si batteva i fianchi, non potendo combattere il rivale incognito ch'era inutile cercare, ch'ella non avrebbe confessato giammai, e che non osava forse confessare a se stessa, ancora. Una voce gli diceva all'orecchio, a lui pure: - È inutile, tutto ciò che farai aggraverà i tuoi torti di geloso che ha dei diritti, ed è diventato un ostacolo. Non potrai essere con lei né magnanimo, né dispotico, e neanche innamorato, quasi. Se minacci t'avvilisci, e se piangi sei ridicolo. L'ultimo di cotesti imbecilli che le fanno la corte ha un gran vantaggio su di te. Non puoi mostrarti a lei né umile, né minaccioso, né indifferente, né sospettoso. Comunque ella ti risponda, sdegnosa, o docile, o tranquilla, o timida, ti butterà egualmente in faccia un rimprovero, un'accusa, una di quelle parole che rompono braccia e gambe, e fanno chinare il capo: "Seccatore!" Bisogna umiliarti colle finzioni, scendere alle indagini tortuose, rassegnarti al supplizio stesso che hai inflitto al marito di lei: la pena del taglione, il castigo di Dio, poiché c'è giustizia lassù anche per queste cose: e diventare odioso come un marito, peggio ancora, perché tu sei legato a lei soltanto da quel vincolo ch'essa vorrebbe mettersi sotto i piedi. Tu non hai la scusa della Famiglia e dello scandalo da evitare, quando non hai il coraggio di rompere quella catena; non hai il diritto e la legge, per costringere e dominare la donna di cui sei geloso; non puoi averla sotto gli occhi a tutte le ore per spiarla; non hai l'interesse per difenderti, né la scelta del momento per riconquistarla. Le stesse armi con le quali hai combattuto ti si ritorcono contro: le astuzie, i ripieghi inesauribili che ella sapeva trovare, il sangue freddo nei momenti difficili che ammiravi in lei, e il candore delle bugie che ti sembravano deliziose nella sua bocca... E l'ebbrezza della vittoria, poi! il ricordo di certi momenti che ti si ficca nelle carni col sospetto di un rivale latente fra te e lei... -

Proprio un affare serio, anche per un uomo meno innamorato di Casalengo - giacché l'immagine di un rivale passato, presente o futuro c'entra un po' in tutti i romanzi del cuore. Una tentazione da farvi perdere il lume degli occhi.

- Sentite, Ginevra!... È assurdo... quando si ama... se si ama... non cercare... non trovare in tutta Napoli un cantuccio, un momento per ritrovarsi, come prima... fosse anche per cinque minuti soli... A meno che...

- A meno che, nulla! Lo sapete e avete torto -.

Pure gli aveva accordato quell'appuntamento, proprio perché non ne aveva voglia, per lealtà, perché era un'imprudenza e un pericolo serio in quel momento, col marito che le stava alle costole, e sembrava fiutasse in aria qualcosa anche lui. Giel'aveva accordato fors'anche perché indovinava i sospetti di lui, e sentivasi colpevole, in fondo in fondo.

Le donne hanno di coteste delicatezze che noi uomini non arriveremo mai a comprendere.

- Ebbene, - gli disse, - giacché lo volete assolutamente... Sia pure. Ditemi quando e dove... Non importa. Cercate voi -.

Casalengo aveva trovato: un alberguccio losco che essendo brutto assai sembravagli non potesse essere scoperto da altri. Essa ripeté:

- Sia pure... dove volete. Non importa -.

Prese a due mani il suo coraggio e le sue sottane, e salì in punta di piedi quella scaletta sudicia, sfidando alteramente gli sguardi avidi e indiscreti del servitore bisunto, appena velata da un pezzetto di trina che si era cacciata in tasca, come non s'era curata del viso che aveva fatto la cameriera vedendola uscire a quell'ora e vestita così dimessamente, come s'era rassegnata all'insolenza del lazzarone che l'aveva scarrozzata sino ai vicoletto oscuro, dopo mille andirivieni sospetti, ghignando ed ammiccando alla gente che incontrava, per accusare il soffietto traballante sotto il quale tentava di nascondersi la povera signora messa così alla berlina, rinfacciandole al termine della corsa: - Cinque lire? A chi le date? Un servizio come questo! -

Casalengo aspettava dietro la finestra, colle tendine calate, il cuore in sussulto, innamorato sino ai capelli, dopo tanto tempo che non si erano più visti... o quasi. Essa entrò senza esitare, pallidissima, premendosi il petto anche lei. Ritirò la mano che egli le aveva presa, e cavò dal manicotto una boccettina che fiutò a lungo, senza rispondergli, senza muovere un passo, guardandosi intorno cogli occhi lucenti: degli occhi in cui erano tante cose, all'infuori dello smarrimento e dell'abbandono che aspettava lui. Però, in quel momento Alvise vide soltanto lei, bella, bianca, bionda, odorosa, sola con lui. E la ringraziava colla voce tremante, col cuore traboccante di riconoscenza e d'ardore, col viso acceso, colle mani tremanti. Accarezzava il manicotto e i guanti di lei; le faceva dolce violenza per attirarla vicino a lui, sul canapè a grandi fiori gialli e rossi: - Cara Ginevra... Bella e buona tanto!... Finalmente!... Povera bimba... come le batte il cuore!... Qui, qui sul mio!...

- Ditemi, - rispose invece lei, sempre colla boccetta sotto il naso. - Non potreste aprire quella finestra?

- Ah! - esclamò Casalengo, lasciandosi cadere le braccia. - Ah! -

Ella si pentì subito d'essersi lasciata sfuggire quelle parole che erano state una fitta al cuore del povero innamorato, e sedette rassegnata, scusandosi col dire:

- Ma si soffoca qui!...

- Perdonatemi... C'è un mondo di gente alla finestra dirimpetto... Non ho potuto trovare di meglio... per la vostra sicurezza...

- Vi ringrazio. Avete ragione -.

Adesso rimanevano in silenzio l'uno rimpetto all'altra, imbarazzati e quasi cerimoniosi. Talché lei, buona in fondo, se ne avvide, e volle togliersi i guanti e la veletta, per compiacenza, cercando ove posarli. Poi, a buon conto, cacciò ogni cosa nel manicotto, che si tenne in grembo.

- Scusatemi, Alvise... Vi sembrerò strana... Sono tutta... così... -

Alvise continuava a tacere, seduto di faccia a lei, guardandola fissamente, tristemente. E nei suoi occhi un sentimento nuovo, una grande amarezza balenava. Infine, con voce mutata, nella quale tradivasi suo malgrado quell'angoscia, le disse:

- Ahimè, Ginevra... siete come una che non ama più! -

Anch'essa allora alzò gli occhi splendenti, guardandolo fisso, con un sorriso amaro all'angolo della bocca.

- Avete ragione a dirmi ciò... adesso... e qui!...

- Ah! Non vedete quanto soffro? Non sentite che vi amo come un pazzo? Non avete indovinato tutte le torture?... -

Vinto dalla commozione, dal desiderio, dalla passione, si lasciò trascinare a dirle tutto: le angosce, i palpiti, il dubbio, le notti passate sotto le sue finestre, la febbre che gli metteva addosso solamente quella breve striscia del suo polso nudo, i castelli in aria, i sogni, le follie... tutto, tutto, proprio come un bambino: l'abbandono intero che tanto piace alle donne. Essa gli posò infatti le mani sui capelli, quasi per accarezzarlo, commossa di vedersi ai piedi la forte giovinezza di quel fanciullo di trent'anni, come abbandonandosi anche lei, per riconoscenza. Soltanto, vedendogli luccicare le lagrime negli occhi, tornò fredda come prima.

- No... ecco... Ho avuto una gran paura... Ecco cos'è...

- Paura di che, povera bimba?...

- Ma di lui, mio caro. Si fa presto a dire... Vorrei vedervici voi! -

E anch'essa sciorinò allora tutto ciò che aveva patito e temuto, dal giorno che suo marito era entrato in sospetto. Non si riconosceva più quell'uomo. Un Otello addirittura! Dormiva col revolver sotto il guanciale. Una paura atroce, un batticuore continuo... Se incontrava lui, Casalengo... se non lo vedeva... temendo che un gesto o una parola lo tradisse... trasalendo a ogni lettera che portava la posta... se udiva il campanello... Ogni cosa che la metteva sottosopra... l'umore del marito, il contegno dei domestici...

- Insomma una cosa da far venire i capelli bianchi, amico mio!

- Ebbene! - esclamò Casalengo raggiante, stringendole le mani da farle male, seduto ai piedi di lei, supplicandola cogli occhi innamorati, accarezzandola col sorriso ebbro. - Ebbene!...

- Ebbene! che cosa?

- Fuggiamo insieme!... lontano da Napoli!... in capo al mondo!... Troveremo pure un nido dove nascondere la nostra felicità!... -

Ella spalancò gli occhi, attonita, quasi le avessero proposto di condurla alla luna in pallone, d'andare a un ballo in veste da camera, di camminare a testa in giù. Sicché il lirismo e l'entusiasmo del povero innamorato caddero a un tratto. Ma lei, vedendolo così mortificato, ripigliò immediatamente, mettendogli la mano sulla bocca:

- Zitto!... zitto!... per carità... -

Cercò di fargli intendere ragione, di farlo rientrare in se stesso, quel gran fanciullone, proprio colle buone, con dolcezza, abbandonandogli le mani anche, purché non ne parlasse più... Egli non ne parlava più infatti, baciava e ribaciava quell'epidermide fine e profumata, risalendo lungo il braccio, sollevandosi sulle ginocchia.

Allora la bella Ginevra tornò ad avere la paura di prima.

- Badate, Alvise!... Siete proprio sicuro che nessuno m'abbia vista?... Voglio dire che nessuno abbia potuto vedermi... mentre venivo?...

- Ma... certamente...

- Perché... m'è sembrato che qualcuno mi seguisse... una carrozzella, sì... dalla Villa sino a Foria... E anche nel salir la scala... Lui non pareva risolversi ad uscire. M'ha chiesto se andavo al concerto... Siete sicuro della gente di questa casa?

- Sicurissimo... Chi volete... Nessuno vi conosce... -

Alvise non connetteva più, dal momento che quella manina gli si era posata sulla bocca. Cercava le parole, balbettava, tentava di rifarsi al punto di prima e di riguadagnare il tempo perso, indispettito di vederselo fuggire a quel modo, stupidamente, dopo tanti ostacoli e tante difficoltà per trovarsi un'ora insieme!... Ma lei però aveva il coraggio di pensare a tante altre cose in quel momento; badava a difendere la sua veletta e il manicotto!...

- No... davvero... Alvise... Ho paura!...

- Ah, sì!... la carrozzella... Foria... la scala!...

- Ecco! - rispose lei corrucciata. - Ecco come siete!

- Ma io sono come uno che ama, cara mia! Non ho i vostri *ma* e i vostri *se*... E neanche voi li avevate, prima...

- Ecco! ecco! Me lo merito!

- Oh, Ginevra!... oh!... -

Ella si era messo il fazzoletto agli occhi: un'altra gran tentazione, il profumo di quel fazzoletto, e le lagrime di quegli occhi! Alvise le afferrò di nuovo le mani, baciandole, baciando il fazzoletto, gli occhi, il vestito, fuori di sé, delirante, chiedendole se l'amava ancora, proprio, tutta tutta, se sentiva anche lei quello struggimento e quella frenesia. Essa diceva di sì, di sì coi cenni del capo, col rossore del viso, col tremito delle mani, abbandonandoglisi a poco a poco, mutandosi in viso, fissandolo col turbamento delizioso negli occhi, balbettando anche lei, vinta alla fine:

- Non vedete... Non vedi... Sarei qui forse?... Vi pare che sia una cosa da nulla?...

- Sì, è vero! Perdonatemi, povera bimba! Bimbetta bella e cara!... Come batte quel cuoricino!... Anch'io, sai!... Ma è un'altra cosa... Non è vero?... Guardami! Sorridimi! È stato un gran affare, eh, questa scappata?... Un colpo di testa?... Non siam fatti per le tempeste grosse dell'amore! Preferiamo la maretta che ci culla e ci accarezza!... Non è vero? di', confessalo! Siamo un po' civettuole anche! Ci piace di vederci corteggiare e di far perdere la testa al nostro prossimo, eh?... Di'! di'!... Tutti coloro che ti corrono dietro e sospirano alla luna!... Confessalo! Confessati! Dimmi, chi è l'amante della luna adesso? colui che sospira di più per la mia Ginevra? Lo sai? te ne sei accorta? ti piace, di'... ti piace far disperare il prossimo tuo?... -

Ella sorrideva proprio come una bimba, stordita, commossa, riconoscente di quella nuova adulazione, dicendo di no, di no, che amava il suo Alvise, lui solo! E gli buttò anche le braccia al collo. Tanto che lui non disse più nulla e ricominciò a parlare soltanto coi baci, dei baci che se la mangiavano viva, e le facevano mettere dei piccoli gridi soffocati:

- No!... no!... Davvero!... Zitto!... Sento proprio rumore. Lì... nella scala, dietro l'uscio!... sentite?...

- Ah!... quella scala maledetta!... -

Ma Alvise s'arrestò lui pure a un tratto, udendo realmente il rumore di un alterco sul pianerottolo, poiché il cameriere voleva guadagnarsi coscienziosamente la sua mancia, e difendeva energicamente l'ingresso del santuario. Una voce li fece allibire entrambi, la voce di Silverio. L'uscio sgangherato si spalancò a un tratto, e apparve lui, il marito, Otello, cieco di rabbia e di gelosia - e stavolta poi con ragione, almeno all'apparenza. - Il cuore le parlava, a lei!

Ciò che allora accadde può bene immaginarsi; perché anche dei gentiluomini, in certe occasioni, perdono il lume degli occhi tale e quale come dei semplici facchini. Una scena terribile e tale da guarire in un momento di ogni tentazione passata e futura la povera donna che faceva sforzi disperati per svenirsi. Mai più, mai più poté levarsi dagli occhi il gesto di Alvise che aggiustavasi la cravatta, cercando il cappello per uscire insieme al suo nemico mortale, e andare a tagliarsi la gola d'amore e d'accordo. Fuori di sé, derelitta, andò un'ora dopo a bussare alla porta di lui.

Alvise parve stupefatto.

- Voi!... qui!

- Oramai... - balbettò ella smarrita. - Oramai... siete il mio amante...

- Ma no, amor mio!... è impossibile!...

- E dove volete che vada adesso?

- A casa vostra. Non temete. Vostro marito è un gentiluomo. Tutto si è accomodato.

- Accomodato, in che modo?

- Non sarà fatta parola di voi nella questione fra me e vostro marito... Ci sarà di mezzo un'altra donna... una che non avrà nulla da perdere.

- Nessuno vi crederà.

- Non importa che credano. Ma bisogna che sia così. Vostro marito partirà immediatamente per un lungo viaggio... Voi sarete libera...

- Ah!...

- Credetemi!... - diss'egli stringendole forte le mani, quasi colle lagrime agli occhi. - Credetemi che darei tutto il mio sangue perché non fosse avvenuto tutto ciò! -

Ella gli si buttò fra le braccia, piangendo tutte le sue lagrime, abbandonandosi interamente all'uomo che un'ora prima cercava un nido in capo al mondo per andare a nascondervi il loro amore e la loro felicità. Adesso invece cercava di calmare la povera Ginevra, preoccupato dei riguardi che doveva alla riputazione di lei, ai *ma* e ai *se* che le aveva rimproverato poco prima, cercando di farle comprendere le esigenze mondane che un'ora avanti voleva farle mettere sotto i piedi, un po' pallido, malgrado il suo coraggio provato, tutto un altr'uomo, imbarazzato, esitante, guardando l'uscio e l'orologio ogni momento, rispettoso e delicato, uomo di mondo sino ai capelli, è vero, ma un uomo di mondo cui sia caduta una tegola sul capo, e gli sia rimasta fra le braccia *una gatta da pelare*, per usare la frase gentile che nessuno dice e tutti pensano in casi simili.

- Infine... - proruppe, - cara Ginevra... aspetto qualcuno... Non potete farvi trovare qui da questo qualcuno... -

Il senso morale è industrioso in tanti modi. E non è a dire che Casalengo ne fosse peggio dotato degli altri. Quando il suo rivale se lo vide sotto la mira della pistola, con quella faccia, disse piano agli amici che l'assistevano: - Ecco un uomo morto -.

Certo non mancò per lui, che gli piantò due pollici di ferro fra le costole, e lo mise a letto per un pezzetto. La signora viaggiò tutto quel tempo, almeno si disse. E se pure andò a trovare il suo amico, di nascosto, proprio da suora di carità, non se ne seppe mai nulla ufficialmente. Le lettere, per andare da lei a lui, facevano un lungo giro, coll'aiuto di un'amica fidata. Talché quando la signora Ginevra riaprì il suo appartamento in via Partenope, libera e sola, più bella e più elegante che mai, fu una gara fra le signore e gli uomini in voga a darvisi ritrovo. Alvise vi andò cogli altri, all'ora del thè, un giorno che il salotto era pieno di gente, e la bella Silverio faceva gran festa a tutti.

- Ah, Casalengo! Bravo! Temevo che fosse partito, o che mi avesse dimenticata -.

Egli vi ritornò altre volte, nei giorni di ricevimento e anche dopo. Si fermava allo sportello della sua carrozza, al passeggio; e andava a salutarla nel palchetto, al San Carlo. Era sempre uno degli intimi, come prima, il cavalier servente dell'elegante mondana, mentre il marito di lei viaggiava lontano, talché non c'era persona che sapesse vivere la quale invitando la signora Ginevra dimenticasse di invitare Casalengo, e viceversa. Proprio il nido d'amore, tappezzato da Levera, e col terrazzino sul golfo di Napoli per contemplare le stelle, e la luna di miele. Erano liberi, soli e senza alcun sospetto. Ma non era più la stessa cosa, o almeno non era più la stessa cosa di prima. Nella loro felicità aprivasi una lacuna, una crepa in cui s'abbarbicavano delle male piante che aduggiavano il bel sole d'amore e facevano impaccio alle parole e alle cose gentili. Lei, infine, non sapeva perdonare a Casalengo l'inchino profondo, l'aria troppo rispettosa con la quale veniva a salutarla, in teatro, al ballo, fra i suoi amici. Lui aggrottava le ciglia suo malgrado, tal quale come Silverio, se qualcheduno di essi mostravasi più appiccichino degli altri, più assiduo e premuroso degli altri verso di lei - tacendole le sue pene, oppure stordendola col cinguettarle alle orecchie delle sciocchezze che la facessero ridere. - Le conosceva anche lui le arti di cotesti seccatori... e anche lei un po' civettuola lo era stata sempre... per incoraggiare ogni sciocchezza che le tubassero all'orecchio.

- Una noia, cara Ginevra!... Non capisco come certuni si buttino addosso a una signora e le facciano gli occhi dolci per dirle magari: buona sera!

- Quello che facevate voi, mio caro... allora... nei bei tempi... Quando vi dicevo: "Né mai, né sempre...." -.

CARMEN

- No, non mi tentate, Casalengo! Sapete che mi chiamano Carmen! Il vostro amico è "biondo e bello e di gentile aspetto"; e ingenuo, timido e cavalleresco...; ritorna adesso dagli antipodi... Insomma, mi piace assai. Non voglio conoscerlo -. Essa gliel'aveva detto!

Invece Casalengo credeva che scherzasse: leggerezza, vanità, orgoglio d'amante che fosse stato in lui; cecità di stolto che Dio voglia perdere; incanto di quelle labbra che avrebbero fatto commettere qualsiasi sciocchezza per vederle sorridere ancora in siffatta maniera; distrazione procuratagli dai monili serpentini che tintinnavano scorrendo giù pel braccio, nudo, il quale levavasi minaccioso, col dito rivolto al cielo: - Guardate, Casalengo! C'è un Dio lassù per queste cose!... -

Ma quando lui, col sorriso fatuo che gli segnava già le prime rughe sottili accanto agli occhi, s'ostinò a fare la presentazione: - Il mio amico Aldini... - Essa rispose semplicemente: - Gli amici dei nostri amici... - E stese la mano al nuovo arrivato con tanta cordialità, così lieta di scorgere nel giovanetto l'omaggio di un grande imbarazzo, che volle pure ringraziarne Casalengo con un'occhiata rapida: un'occhiata in cui era il sorriso del diavolo.

Aldini, che aveva sentito parlare sino a Zanzibar della gran passione per cui il suo amico Casalengo s'era giuocate le spalline di comandante, provava adesso una certa sorpresa dinanzi a quella donna che non aveva poi nulla d'estraordinario. Un viso delicato e pallido, come appassito precocemente, come velato da un'ombra, dei grandi occhi parlanti, in cui era della febbre, dei capelli morbidi e folti, posati mollemente in un grosso nodo sulla nuca, e il bel fiore carnoso della bocca - la bocca terribile - come dicevano amici e gelosi.

Ma lo turbava il profumo mondano, la carne mortificata dalla gran vita, che traspariva fra le trine preziose, il segno che il braccialetto le lasciava sulla pelle delicata - e gli dava un gran da fare per non mangiarsela cogli occhi. Ella se ne avvide, e mise cinque minuti buoni a infilarsi il guanto, in premio dell'ammirazione muta che le tributavano gli occhi sinceri del giovinetto, i rossori fugaci, le parole mozze... Da abbracciarlo, lì, dinanzi a tutti quanti! E gli lasciò in pegno il ventaglio, tornando a ballare il valzer - un legame, lo scettro della sultana.

- Eccoti comandato... servizio particolare! - gli disse Casalengo ridendo. - Se avevi qualche impegno, ti scuserò io, caro Riccardo...

- No! Oh no! - esclamò Aldini, stringendo forte il ventaglio colle due mani.

Adesso osservava alla sfuggita, con una curiosità inquieta e rispettosa, il suo amico Casalengo, la forte giovinezza di lui come curva sotto un giogo, il sorriso distratto sulle labbra riarse, le frasi stonate, il pensiero fisso, l'ardore segreto, la ruga impercettibile e quasi nascosta fra le ciglia, gli sguardi erranti, suo malgrado, attratti dalla donna amata che gli fuggiva dinanzi nelle braccia di un altro, raggiante, e gli buttava in faccia il sorriso, il profumo, il vento dell'abito, la nudità delle spalle, tutte le seduzioni, i fantasmi dell'amore e della donna, quali erano passati dinanzi agli occhi a lui pure, Aldini, nelle calde fantasticherie dell'adolescenza, discorrendo laggiù della maliarda la quale prendeva lui pure adesso, con una parola, con un nulla, legandolo, incatenandolo a sé con quel ninnolo che gli aveva messo fra le mani, come un fanciullo che si voglia tenere a bada.

- Ah, ma sapete! È proprio carino il vostro amico Aldini!

- Ve l'avevo detto, - rispose Casalengo un po' ironico.

Ella si strinse nelle spalle con un movimento che gli mise sotto il naso i begli omeri nudi.

- Badate però. È un ragazzo... un ragazzo pericoloso.

- Ah, così? - disse lei.

E Carmen volle farne l'esperimento, povero Aldini. Tanti altri, ora vinti e intossicati per tutta la vita, l'avevano chiamata con quel soprannome di guerra e di malaugurio, ch'era la punzecchiatura delle sue amiche gelose, e la carezza o la maledizione degli incauti che si lasciavano prendere al fascino del suo sorriso dolce e buono - la più strana cosa, su quella bocca di vampiro. Poich'essa faceva il male con una incoscienza ch'era la sua maggiore attrattiva; vi metteva una sincerità, quasi una lealtà che le faceva perdonare i suoi errori, come il gran nome che portava le faceva aprire tutte le porte. E una squisita eleganza, una grazia innata fin nelle bizzarrie, un'ingenuità provocante fin nella stessa civetteria, l'aria di gran dama anche in un veglione, avida di piaceri e di feste, quasi divorata da una febbre continua di emozioni e di sensazioni diverse, una febbre che la consumava senza ravvivare il suo bel pallore diafano, né le sue labbra dolorose, ma che però la lasciava spesso in una prostrazione desolata, le dava delle ore di stanchezza e di uggia, di cui i suoi adoratori pagavano la pena: ore tremende - in cui non c'era altro da fare che prendere il cappello e andarsene - dicevano i forti, quelli che avevano pianto poi dietro l'uscio di lei. Gli altri, coloro che cercavano di spiegare le sue follìe, se non di scusarle, dicevano ch'era ammalata, ch'era matta - tutti i d'Altona erano morti tisici o dementi - che aveva provato dei gran dolori e dei gran disinganni, ch'era ferita a morte, condannata senza speranza, e voleva vivere vent'anni in venti mesi.

- Gliel'ha detto anche a lei, il mio amico Casalengo, che mi chiamano Carmen? - chiese ella ad Aldini, col sorriso mordente, la prima volta che un'ondata di folla gliela mise di nuovo faccia a faccia, all'uscire dal Sannazzaro.

Ma gli stese la mano senza rancore. Poscia, mentre aspettava la carrozza, stretta nella pelliccia, e con quell'aria di stanchezza e di noia che faceva scappare la gente, soggiunse:

- M'accompagni. Servirà ad insegnarle la strada... quando vorrà venire a farmi una visita. Troveremo qualche amico a casa... degli amici suoi e miei, per prendere il thè insieme.... se non ha paura che l'avveleni come la Lucrezia Borgia di stasera... una Lucrezia tremenda, da morir di noia!... -

Fu in tal modo che lo prese, - come, per fargli posto nel legnetto, aveva preso e raccolto a due mani il suo vestito, - e lo avvolse fra le pieghe di esso, e lo stordì col suo profumo, allorché la pelliccia, scivolandole giù per le spalle, gli buttò al viso e alla testa la trasparenza di quegli omeri rosei - senza volerlo, quasi senza avvedersene, in quell'ora di uggia, e d'umor nero che l'avrebbe fatta dar della testa nell'imbottitura del *coupé*, e che egli le leggeva sul viso smorto, mentre guardava distrattamente attraverso il cristallo, ai bagliori fugaci che gettavano le vetrine scintillanti dentro la carrozza che correva su per Toledo - senza dirgli una parola, né rivolgergli un'occhiata, quasi non pensasse più a lui, o subisse ancor essa lo strano imbarazzo di quell'incontro, di quel silenzio, dell'oscurità che li avvolse tutti e due a un tratto nello stesso mistero e nella stessa tentazione, appena il legno svoltò pel corso Vittorio Emanuele - o sapesse che ciò doveva bastare a mettergli nel cuore, a lui, nelle carni, incancellabile, la febbre di quell'occasione che fuggiva rapida, la sete di quelle labbra di donna che si celavano nell'ombra, il turbamento di quella sfinge che rimaneva per lui impenetrabile nello stesso tempo che gli palpitava allato. - Degli angeli godono così di sfiorare la colpa colle loro ali candide - ed essa non era un angelo, no, povera signora! Talché quando lo presentò ai suoi amici che l'accoglievano festanti: - Il tenente Aldini! - con un'aria di trionfo quasi avesse detto: - Ecco il Figliuol Prodigo! - era così pallido e stralunato, il povero Figliuol Prodigo, e come abbagliato dalla piena luce del salotto, o dalla fiamma ch'essa gli aveva accesa in cuore! Ed essa aveva davvero qualcosa dello spirito del male, in quel momento, nel sorriso ironico, nell'aria strana, nel pallore marmoreo del volto, nell'allegria forzata colla quale davasi tutta ai suoi ospiti, lottando di brio e d'arguzia, servendo il thè, dimenticando completamente Aldini in un cantuccio, faccia a faccia con un album di ritratti nel quale cercava di nascondere il suo imbarazzo.

- Che cosa vi ha fatto quel povero giovine? - le chiese sottovoce Casalengo, mentre inchinavasi a prendere una tazza di thè dalle sue mani.

- Tutti m'avete fatto! - rispose lei nel medesimo tono di scherzo.

Ed era forse la verità, il grido di rivolta del suo cuore ulcerato, il senso di disgusto che aveva trovato in fondo al bicchiere, l'amarezza che l'aveva colta allo svegliarsi dai sogni d'oro - quando aveva visto il pentimento mal dissimulato dell'uomo a cui aveva tutto sacrificato - quando era stata ferita dall'insulto che nascondevasi sotto il madrigale di galanti resi audaci dalla sua caduta - quando l'era mancata sin l'alterezza e l'illusione del sentimento puro, della fede giurata, pel tradimento altrui, ed anche pel proprio. - Non valeva di meglio, no, essa ch'era stata debole nell'ora stessa in cui *un altro* le era infedele. Tanto peggio! Tanto peggio per tutti, anche per lei, che sentiva rifiorire il bel fiore azzurro dentro di sé. Non le avevano detto che i fiori durano un giorno, e che solo sinché odorano esistono? Era tornato spesso in quella casa di cui essa gli aveva insegnato la via, il Figliuol Prodigo, timido e rispettoso, ma preso proprio sino ai capelli, innamorato come un pazzo, di un amore bizzarro che si pasceva di chiaro di luna e di passeggiate sotto le finestre. - L'aveva visto tante volte, lei, prima d'andare a letto, nel buio della strada! Ed era strano come ciò la facesse sorridere di piacere, le facesse cacciare il viso infocato nel guanciale, con una muta carezza.

Era un voluttà sottile e penetrante, il gusto di un'infedeltà che non poteva dar ombra a Casalengo; ma così dolce, quando beveva il bacio dagli occhi ingenui d'Aldini, e sentivasi ricercare avidamente da quell'adorazione bramosa, tutta, il seno palpitante, mentre ballava con lui, e le braccia che avrebbero voluto avvincerlo, al sentire come gli batteva il cuore contro il suo, il cuore che gli si dava, e la bocca, e la persona intera - e neppur tanto così, nondimeno! Né una parola e neanche un dito! - Una volta sola, smarrita, in quelle ondate di sangue che la musica e il valzer le mandavano alla testa... - No, Riccardo, così... mi fate male!... -

Insomma, era scritto lassù. Ella non avrebbe voluto, no, davvero, per timore del poi, per timore di lui e di se stessa... e di Casalengo pure, giacché non era cattiva in fondo. Ma allorché volle proprio, coll'anima e col corpo... Tanto peggio! Almeno non volle essere né ipocrita né egoista. Aveva sempre pagato del suo la festa, in moneta di lagrime e di onte segrete; e non doveva nulla a nessuno, neppure al Casalengo, cui aveva dato il diritto di mostrarsi geloso sacrificandogli tutto quando non l'amava più.

Come Aldini ricevette l'ordine d'imbarco, e minacciava di dare la dimissione, di tagliarsi la gola, un mondo di cose, ella gli disse:

- No, Riccardo. Verrò con voi... dovunque... -

Una proposta che lo sbalordì, povero Aldini, quasi presentisse già il momento in cui doveva pesargli come una catena, quella dolce compagna che gli buttava le braccia al collo. Ma allora vide soltanto le belle braccia delicate che l'avvincevano, e le labbra fragranti che gli si promettevano per sempre. Ella forse, sì, ebbe la visione di quel giorno, nella nube che le misero agli occhi innamorati le lagrime della tenerezza.

- Sì, viaggerò anch'io. Non ho nulla che mi trattenga qui... No, no... lo sapete!... Né altrove, in nessun luogo... Ho buttato al vento il mio fazzoletto... per lasciar fare al destino... Non per voi, siate tranquillo. Sono ricca e padrona di me. Sarò libera... fra breve... non dubitate. Lasciate fare a me... che non farò del male né a voi né ad altri. M'hanno sempre detto che i viaggi di mare gioverebbero alla mia salute. E poi, non vi terranno sempre imbarcato, mio povero Riccardo... Vi lasceranno mettere piede a terra, di tanto in tanto... per dimostrare alle belle straniere che ci abbiamo dei begli ufficiali a bordo delle navi... per proteggere delle connazionali color di fuliggine o color di cioccolatte... Ebbene, io sarò laggiù ad aspettarvi, dove indicherà il telegrafo o il giornale. Vi farà piacere di trovar lì una tazza di thè e un cappellino da cristiani, non è vero? E senza pesare tanto così su di voi! senza nuocere alla vostra carriera... Non avranno da dire né i regolamenti, né il servizio, né i superiori, e neanche le conoscenze che raccatterete per via, quando vi manderanno troppo lontano, o dove non sarò certa di trovare un caminetto e dei fiori freschi... Vedete che non fo la brava, e non vi prometto mari e monti... Liberi e felici come due uccelli dell'aria! Soltanto, quando anche questa bella volata nell'azzurro ci stancherà... o ci verrà noia... a voi o a me... poiché tutto finisce... Quando vorrete maritarvi, o amerete un'altra... Sì, sì, ragazzo mio, un bel giorno rideremo di queste belle parole che ci fanno piangere adesso... Ma non importa, se adesso sono sincere... Quando vi parrà che io vi sia d'inciampo nella carriera o nella vita, e vorrete riprendere tutta intera la vostra libertà, ditemelo francamente... Come io dirò francamente a un'altra persona che voglio riprendere la mia libertà, oggi stesso... Non v'inganno e non inganno, vedete, Riccardo! Non sono peggiore di quella che sembro... Ma non ci diamo la pena e il tormento di mentirci, mai! Mi promettete?... mi prometti?

- Oh, amore! amore bello! - esclamò Aldini fuori di sé, tentando di prendersela fin da quel momento fra le braccia avide.

- No! - rispose lei, mettendogli le mani sul petto. - Non ancora... Quando sarò libera... e tua! -

Casalengo fu ripreso bruscamente da un accesso dell'amore antico, appena essa gli fece capire che il suo era morto, lì, presso quel tavolinetto, dove l'avevano strascinato un pezzo, per abitudine e per dovere, nella mezz'ora prima di pranzo che il suo amico, sempre galante e gentiluomo, non mancava mai di dedicarle. Ora egli sentivasi mordere al cuore dal pensiero che un altro le facesse tremare la voce ed il cuore come un tempo aveva fatto lui, come sembravagli di provare ancora dentro di sé in quel momento - e che fosse stato sempre così, e che dovesse durare eternamente, anche per lei...

Ella prese un fiore che si piegava avvizzito nel vasetto d'argento, e gli disse tristemente:

- Vedete questa rosa che mi avete donata ieri? -

Casalengo chinò la fronte sulla mano, e tacque un istante.

- Partirete? - domandò poi.

- Sì.

- Per dove? -

Ella non rispose.

- Volete darmi almeno quel fiore? - chiese tristemente Alvise.

Ella esitò alquanto, prima di rispondere.

- Grazie!... Voi sapete vivere... -

Egli si alzò in piedi, leggermente pallido, stretto nel vestito che gli dava ancora la sua aria militare, ma perfettamente padrone di sé, col sorriso un po' ironico dei suoi bei giorni.

- E lasciar vivere... sì, ho imparato a mie spese. Mi permettete di darvi un consiglio, in nome di questa benedetta esperienza?

- Dite.

- Partite sola... e più tardi che potete -.

Ella arrossì sino ai capelli.

- Non dubitate. Ci avevo pensato... pel vostro amor proprio.

- No, mia cara, per voi stessa, quando ritornerete, e avrete bisogno dei vostri amici -. E inchinandosi a baciarle la mano, aggiunse con un sorriso pallido:

- Voglio rimanere vostro amico... se volete... se sapete... -

PRIMA E POI

- No - m'avete detto. - Non sciupiamo il bel sogno d'oro, Riccardo! -

Ah, voi non sapete cos'è quel sogno d'oro nei vostri occhi che cercano i miei, e il fascino che metteva allora nel vostro pallido sorriso la triste scienza del *poi*!

Tutto, tutto l'ho assaporato quel terribile fascino - nel dolce lividore che i baci altrui v'hanno lasciato sulle palpebre, nella rugiada di cui sono ancora umide le vostre labbra, nel molle abbandono con cui vi appoggiavate al parapetto del battello, nel gesto carezzevole della vostra mano che additava Capri, laggiù in fondo, a Casalengo - lui che non trema, né impallidisce più nel parlarvi.

No, non voglio pensare a lui. Mi sembra d'impazzire. Avete indovinato quanto ho sofferto in quell'eterna gita di piacere? E anche voi! Ho sentito tremare la vostra mano mentre vi aiutavo a scendere nella barca. Oh, Ginevra, quando vi siete abbandonata trasalendo contro il mio petto nel buio della Grotta Azzurra!... Che m'importa di Casalengo, che m'importa del *poi*, che ve ne importa anche a voi, poiché le vostre pupille s'intorbidano e si smarriscono figgendosi nelle mie?...

Sentite, ieri sera son tornato da voi, sapendo che vi avrei trovato *quell'altro* e che non mi avreste ricevuto. Gioconda m'ha detto infatti: - La signora non c'è -. E s'è fatta rossa, vedendomi così pallido.

Avevo visto del lume nel vostro salotto. Mi son fermato nella via sino alle undici per vederlo ancora e sentirmene ardere gli occhi ed il sangue - sino all'ora in cui *l'altro* se n'è andato. Ho cercato di indovinare se l'amate ancora, dal suo passo e dalla sua andatura. Se avessi visto quel lume nella vostra camera da letto mi sarei ucciso.

Oggi avete risposto alla domanda insidiosa della vostra amica Gemma con uno scherzo amaro: - Né mai, né sempre! - Ah, com'era dolorosa la vostra gaiezza in quella gita di piacere! e quanto avete dovuto amare quell'uomo, per non voler più amare!

Ho sentito parlarne sin laggiù, in capo al mondo, dove l'avventura di Alvise Casalengo metteva in rivoluzione il quadrato degli ufficiali, e il vostro bel nome correva come un bacio sulla bocca dei giovani allievi.

Voi mi avete preso sin d'allora, colla curiosità o la vaga gelosia che m'ispiravate, quando pensavo a voi che non conoscevo, nelle lunghe vigilie di quarto, sotto le stelle di un altro emisfero. M'avete preso colle vostre bianche mani, dandomi il ventaglio da tenere, la prima volta che c'incontrammo, vi rammentate? Voi, mondana, non immaginaste neppure ciò che poteva essere una vostra parola o un semplice gesto pel giovane selvaggio che vi arrivava da Zanzibar già innamorato e pauroso di voi, quanta avida e gelosa penetrazione fosse negli occhi che divoravano la vostra bellezza offerta alteramente, il sorriso noncurante col quale ne accoglievate l'omaggio, l'abbandono ch'era nel concedervi ai vostri ballerini, il suono della voce con cui parlavate ad Alvise - e in cui *sentivo* le dolci parole che gli avrete dette - l'ebbrezza che provai io stesso la prima volta che mi deste del *voi*, quasi m'aveste già dato qualcosa della vostra persona. Vi rammentate? quel giorno che sorprendeste il primo lampo di follìa e d'adorazione nei miei occhi, e vi faceste di porpora, odorando il mazzo di fiori che vi aveva mandato Casalengo, per coprirvene il seno?... Così m'avete preso, per *sempre*! Non ci credete voi a questa parola? Perché avete chinato il capo quando vi ho confidato tremando il mio segreto? e avete lasciato la vostra mano nella mia? Quante cose mi avete dette senza parlare, in quell'angolo del salotto che sono rimasto a guardare dalla strada, stanotte! Quante cose vi ho detto chinando la fronte sul vostro ritratto che sorride dalla cornicetta di *strass* posata sul tavolino! Così mi pareva di veder brillare e sorridere a *quell'altro* i vostri occhi in quelle tre ore orribili che ho passato sotto le vostre finestre. - Quando m'è sembrato di vedere Alvise dietro i vetri, quando vi siete avvicinata a lui, forse per porgergli una tazza di thè, forse per guardare nella via, e le vostre due ombre si sono confuse insieme... Mi avete visto voi, Ginevra, laggiù, sotto la pioggia, coi piedi nel rigagnolo? Vi siete rammentata allora del dubbio atroce che doveva torturarmi, e che cercate di scacciare, ogni volta, quando posate la mano sul mio capo, pallida anche voi della mia angoscia, e balbettate: - No!... no, Riccardo, vi giuro?... -

Vi credo, voglio credervi, ho bisogno di credervi. Perché dunque? perché mi fate soffrire a questo modo? Perché temete di sciupare il bel sogno d'oro? Oh, se sapeste come l'ho visto dietro le cortine color di rosa, che sembravano agitarsi e palpitare allorché siete passata nella vostra camera da letto, e animarsi di un incarnato più vivo quando vi siete avvicinata allo specchio, e velarsi di un'ombra pudica, dove passava la carezza dei vostri movimenti! Poi quella stessa ombra ha trasalito quasi, e s'è dileguata a un tratto dalla finestra del vostro spogliatoio, ed è solo rimasto il chiarore diffuso del globo roseo che veglia sui vostri sogni dolci e sulle vostre palpebre chiuse. Oh, struggersi e morire su quelle palpebre chiuse - perché non abbiate a temere il *poi* - perché duri sempre il bel sogno d'oro! Sempre! Sempre! Il *poi* non esiste, quando si ama. Non esiste il domani, non esiste quel ch'è stato ieri, non penso più a Casalengo. Penso a voi, e vi amo, e vi voglio, come se tutta la mia vita e l'universo intero fossero in questo momento e in questo desiderio.

Ahimè, Riccardo, il bel sogno d'oro è finito, da che vi siete svegliato nelle mie braccia.

Non ve ne voglio, e vi prego di non volermene. Soltanto non ostiniamoci a chiudere gli occhi, con questo bel sole che deve accompagnarvi nella vostra traversata.

Buon viaggio, amico mio. Vi scrivo seduta a quel medesimo tavolinetto della veranda su cui posavate la vostra tazza, quando venivate a prendere il thè nel mio salotto. La signorina del N. 17 continua a strimpellare quel valzer che vi metteva di cattivo umore - *Dolores*, mi sembra - e anche a me, quando vi vedevo così uggito. Ma adesso, non so il perché - forse il bel sole, dopo questa eterna notte in cui m'è parso d'impazzire, forse il vostro ricordo, come che sia - mi mette in cuore delle ondate di dolcezza malinconica, specialmente alla ripresa delle prime battute che piacevano anche a voi, alle volte, nei momenti buoni. Ho ancora dinanzi agli occhi il movimento del vostro capo che segnava il tempo - il bel tempo e le buone risate che si facevano, allora...

Dove vi raggiungerà questa lettera, a Lima, al Messico? Vorrei che vi portasse il sorriso che vi piaceva tanto, una volta, e che non aveste a temere di trovarvi né lagrime né piagnistei, prima d'aprirla. Le arie di salice piangente non mi vanno. Anzi! M'avete sempre detto che son venuta al mondo ridendo... e civettando. È vero, sì. Com'ero felice di vedervi fare il muso lungo! M'avete amata pazzamente e lealmente. Che Dio ve lo renda coll'amore delle altre, di tutte quelle a cui sorriderete e a cui piacerà il vostro sorriso. M'avete dato il bel fiore azzurro del vostro cuore e della vostra giovinezza. Quante volte ci siamo inebriati insieme del suo profumo, tenendoci per mano, fra gente nuova e paesi sconosciuti, sotto le altre stelle a cui davamo dei nomi dolci, appoggiando al vostro braccio la mia persona stanca e addolorata d'aver tanto amato - e non voi soltanto. - Vedete che vi dico tutto, e non mi faccio migliore di quel che sono. Voi mi avete amata forse per questo; e non mi amaste più di quando sentiste ch'ero tutta vostra, tutta, tutta, Riccardo! senza pensare al *poi* che doveva venire tosto o tardi - e ch'è venuto.

Ora ho civettato e riso coi vostri amici, con tutti quelli che mi conducevate in casa per aiutarvi a passare le sere insieme a me. - Hadow specialmente, che ha i più bei denti di cristianità e mi faceva perdere la testa colla sua gaiezza. Voi non ve ne siete neppure accorto, ahimè!

Poi che siete partito ho paura di Hadow, e partirò anch'io, appena mi sarò rimessa del tutto, per tornare in Europa. Questo cielo implacabilmente azzurro m'acceca e mi fa male. Gioconda, che sta preparando i bauli, ha trovato degli oggetti che avete dimenticato qui: una scatola di sigarette, un fazzoletto colla vostra cifra. Vi porterò ogni cosa a Napoli, dove vi ho conosciuto, e dove ho lasciato degli altri amici come voi. Ve lo restituirò poi laggiù, il fazzoletto, "terso di lagrime" quando vi rivedrò, se vi rivedrò, e tornerete da me, come gli altri amici. Adesso mi sento abbastanza forte per affrontare il viaggio di ritorno. M'avete perdonato le pene e le noie che vi ho date da Genova sin qua? Come siete stato buono e affettuoso con questa povera ammalata! - malata di corpo e d'anima. -

Quanto m'avete resa felice, e come m'avete guastata! Ieri sera, quando ci lasciammo, "ho fatto i capricci" proprio come una bimba viziata. Non me ne do pace, no, Riccardo! Gioconda pretendeva che avessi la febbre, che dovessi prendere del laudano, del cloralio, che so io, alle quattro del mattino, figuratevi! Ah, che misera cosa non poter cambiar d'umore come si cambia di vestito, e avere dei nervi che fanno la festa mentre si ha voglia di dormire! La buona dormita che vorrei fare sino a Napoli, tutta d'un fiato, senza sogni e senza sentirmi vivere, e svegliarmi laggiù, nel paese che ride e canta, senza pensare a quel ch'è stato ieri o a quel che sarà domani! Quando ci rivedremo, laggiù, se ci rivedremo, voglio che mi troviate savia, grassa e prosperosa come quella bionda vergine ch'è venuta a far la tisica, qui all'albergo, e la vocina sottile per cantare le arie del Tosti, svenendosi sul piano. Voglio che torniamo a ridere, senza musi lunghi, e senza "dolci languori negli occhi desiosi". Oh, no! A che pro adesso? Noi ci siamo detto tutto. E le parole amare che rimangono all'ultimo... No, Riccardo! quelle no! Ieri sera eravate nervoso anche voi. La mano che vi ho stesa nel dirvi addio, la mano *che vi parlava* altre volte, e vi diceva tante cose, non ha saputo trattenervi.

Ho persa anche la fede in quel povero neo che vi faceva perdere la testa a voi, una volta, e che non ha saputo dirvi nulla neppure esso, ahimè!

Ecco ora che fo la sfacciata per non sembrarvi noiosa, perché l'ultima immagine mia, l'ultimo ricordo che vi lascio sia buono, dolce, affettuoso e piacevole. Sarà forse l'ultima civetteria che rimane, dopo la *fine*. Vorrei che mi vedeste ancora come vi son piaciuta, quando vi son piaciuta, senza menzogne, senza reticenze, senza veli, tutta per voi, anima e corpo, *tutta una cosa con voi*, come quando si ama bene e molto - fin sopra ai capelli - direte voi. E la prova è che abbiamo vuotato il sacco della felicità, voi forse più in fretta, io certo con maggior spensieratezza, poiché dovevo sapere come vanno a finire queste cose, io che son più vecchia di voi. - Ho cent'anni da ieri in qua, amico mio. - Ma non mi pento di avervi lasciato sfogliare pazzamente "le rose del cammino" perché ce n'erano tante, e così belle, che sembrava non dovessero terminare giammai; e vi ho aiutato anch'io a sfogliarle, sorridendo e chiudendo gli occhi, come fo adesso, per non sentirne le spine. Se mentre vi scrivo per l'ultima volta non ho saputo nascondervi tutte quelle che mi son rimaste nelle mani, perdonatemi. Non è come cavarsi un guanto, capirete! Ma "è pena così dolce" che tornerei a chiudere gli occhi, e a buttarmi a capofitto nelle spine. - Non con voi, Riccardo. Con voi il bel sogno d'oro è finito, e bisogna metterci sopra la croce delle orazioni funebri.

Il salice piangente stavolta son proprio io, la Ginevra vostra di un tempo.

CIÒ CH'È IN FONDO AL BICCHIERE

Quando la signora Silverio tornò insieme al marito - da Nuova York, da Melbourne, chi lo sa? - tutti videro ch'era finita per lei, povera Ginevra. Metteva del rossetto; portava ancora la pelliccia nel mese di maggio; veniva a cercare il sole e l'aria di mare alla Riviera di Chiaja, dalle due alle quattro, nella carrozza chiusa, come un fantasma. Ma ciò che stringeva maggiormente il cuore era la macchia sanguigna di quell'incarnato falso nel pallore mortale delle sue guance, e il sorriso con cui rispondeva al saluto degli amici - quel triste sorriso che voleva rassicurarli.

Anche il Comandante non si riconosceva più: aveva la barba quasi grigia, le spalle curve, e delle rughe che dicevano assai su quella faccia abbronzata d'uomo di mare. Indovinavasi ciò che avessero dovuto fargli soffrire i farfalloni che svolazzavano un tempo intorno alla sua bella Ginevra, adesso che non era più geloso di lei, ed era tornato a prendersela sotto il braccio pietosamente, chinando il capo a tutti i suoi capricci, quasi sapesse che la poveretta non ne avrebbe avuti per molto tempo...

Dopo era ripartito subito, per ordine superiore, dicevasi; e dicevasi pure che l'ordine d'imbarcare l'avesse chiesto colla stessa sollecitudine con cui un tempo aveva desideravo di non lasciare la moglie e il Dipartimento di Napoli. Essa, disperatamente, s'attaccava alla vita colle manine scarne, povera donna, e affaticavasi a menare a spasso i suoi guai e i suoi terrori segreti, ai balli, in teatro, come ripresa dalla febbre mondana - e forse era la stessa febbre che la teneva in piedi, sotto le armi, torturandosi delle ore dinanzi allo specchio, per strascinarsi poi col fiato ai denti sino al suo palchetto, o per passare soltanto da una sala da ballo. - Ma così felice, sotto la carezza dei binoccoli che si puntavano sul suo petto anelante, e sembravano scaldarle il sangue nelle vene! Così grata a quell'anima buona che venisse a farle un briciolo di corte! - Senza cadere in tentazione, no! La tentazione ormai era lontana, e le aveva lasciato i lividori sulle carni. - Tanto che sorrideva al marito, quando egli era ancora lì, come a dirgli:

Vedi, che male c'è?... -

Aveva preso un quartiere in via di Chiaja, per stare notte e giorno in mezzo al rumore e al movimento della città; perché gli amici venissero a trovarla più facilmente, all'uscire dal teatro o prima di pranzo, e riceveva specialmente il mercoledì sera. Suo marito stesso me ne aveva fatto cenno al caffè, prima di partire, dimenticando le sue prevenzioni contrarie e forse anche i suoi sospetti: - Venga a trovarla, povera Ginevra. Le farà tanto piacere -.

Ella accoglieva con gran festa tutti quanti. Appena mi vide, mi corse incontro col suo bel sorriso che innamorava, stendendomi le mani.

Era proprio tornata la bella signora Silverio che ci faceva perdere la testa a tutti noi della Regia Marina, quando i disinganni e le amarezze non avevano ancora spento il suo bel sorriso civettuolo, e messo qualcosa di duro nella linea delle sue labbra. - Ho lasciato tutto lì, le noie, le cose tristi! - pareva dire; e faceva un gesto grazioso col braccio esile, accennando lontano, allorché tornavano nel discorso i ricordi malinconici.

Al primo vederla, sotto il gran paralume chinese vicino al quale stava più volentieri, non mi parve nemmeno tanto patita. Dei pizzi superbi davano una certa vaporosità alla sua figurina snella, e dei grossi filari di perle le coprivano interamente la scollatura del vestito. Ripeteva sovente: - Adesso sto bene. Son guarita interamente -.

Sorrideva anche delle sue paure. Soleva rammentarle soltanto per far capire che le avevano lasciato una grande indulgenza per tutte le debolezze e tutti gli errori umani. - E i tradimenti anche! - mi disse, spalancando gli occhioni, e accennando col muovere del capo e col sorriso che mi accusavano. - Sapete che sono stata molto male, caro d'Arce? Ho creduto di fare il gran viaggio! Torno da lontano, adesso... di laggiù, dove si sa tutto, e tutto si perdona!... -

Si volse a cercare la sua amica Maio, e la pregò lei stessa di offrirmi il thè. Da lontano vidi i suoi occhi fissi su di noi, nel breve istante che scambiammo un profondo inchino cerimonioso. Poi la bella Maio tornò a raccogliere gli omaggi altrui come una regina.

Quando andai a posare la tazza vuota sul tavolinetto, al quale la signora Ginevra appoggiava di tanto in tanto la mano, coll'aria un po' stanca e affaticata, ella mi chiese a bruciapelo, fissandomi in viso quegli occhi luminosi:

- Così? Non avete più nulla da dirvi, né voi né lei?

- Ahimè, no.

- Oooh! - esclamò ridendo, - oooh!... -

E inzuccherò senza pietà il thè dell'Ammiraglio.

La contessa Ardilio le offrì di aiutarla. Ella accettò subito per venire a sedere accanto a me su di un canapè d'angolo.

- Abbiamo molte cose da dirci; ma è meglio non parlarne, è vero? A che serve oramai? Siamo perfettamente ragionevoli tutti e due... Allora... quando seppi il torto che avete fatto alla parola datami... il giuramento del marinaio, vi rammentate?... - E sorrideva, povera Ginevra. - Però non ve ne volli... né a voi, né a lei... Ebbi dei torti anch'io... Ma voi sapevate che non ero libera... -

Allora mi parlò francamente di Alvise, il solo che non potesse farsi vivo fra i suoi amici. - Anch'io ho bisogno di perdono, lo so!... Ora tutto ciò è passato... lontano tanto!... Vedete come ve ne parlo?... -

Tornava a fare quel gesto vago, tirando in su i guanti lunghissimi. Tutta la sua civetteria riducevasi adesso a una cura gelosa di nascondere le sue povere carni mortificate. E di colui pel quale aveva sentito forse più trionfante la vanità della sua bellezza, quando appariva in una festa, colle spalle e le braccia nude, soltanto per lui, discorreva adesso tranquillamente, con una certa amara disinvoltura. Solamente non lo chiamava più pel suo nome di battesimo:

- Povero Casalengo... Un buon amico e un uomo di mondo... Dei pochi che sappiano pigliarlo com'è, il mondo!... -

Rammentava ancora gli altri, passando in rivista delle memorie che accendevano dei punti luminosi nelle sue pupille. D'un solo non fece motto, forse perché era ancora troppo presente dinanzi ai suoi occhi, quando parevano oscurarsi a un tratto, e pareva come delle ombre livide le lambissero il viso emaciato.

Ma tornava subito gaia e sorridente, occupandosi dei suoi invitati, facendosi in quattro per pensare a tutti. Si avventurò sino all'uscio del salotto ove fumasi, col fazzoletto alla bocca, con quella gaiezza che rendeva così ospitale la sua casa.

- No, no, mi piace anzi! Fumerei anch'io, se non mi facesse tossire -. Avrebbe chiuso gli occhi, e si sarebbe lasciata soffocare per far piacere agli altri, ed avere tutte le sere la casa piena di gente sana e allegra che la facessero illudere d'esser sana e allegra lei pure. Aveva inchiodato Sansiro al pianoforte, e minacciava di fare un giro di valzer.

- No! con lei, no! giammai! - mi disse respingendomi con le braccia tese.

Sembrava proprio rivivere nel suo elemento, e parlava insino di "lasciarsi andare" a bere "qualcosa di forte" eccitandosi, colle guance già accese e il sorriso ebbro, lei che aspirava soltanto delle lunghe boccate d'etere "per tenersi su". Però, di tanto in tanto, alla sfuggita, guardavasi furtivamente negli specchi, e l'occhiata ansiosa, quasi smarrita, tradiva l'interno sbigottimento. Tutt'a un tratto, mentre mesceva il thè a dei giovanotti ch'erano giunti tardi, venne meno fra le braccia di Serravalle, tutta di un pezzo, come un cencio. Nondimeno, appena si riebbe alquanto, cercò di rassicurare amici ed amiche che le si affollavano intorno, volgendo la cosa in scherzo, bianca come il suo vestito, facendosi vento col fazzoletto, balbettando, col sorriso smorto:

- Ah!... la colpa è di Serravalle!... Non posso vedermelo accanto senza cadergli fra le braccia... È destinato, povero Serravalle!... Si rammenta, quella volta che si ballava insieme in casa Maio? -

Fu l'ultima sua festa, povera donna. A poco a poco gli amici dileguarono quasi tutti; e ciò la rattristiva assai, quantunque non lo dicesse. Chiedeva di loro ai pochi fedeli che continuavano a farle visita, di tanto in tanto. Un giorno che le recai il saluto di Alvise provò un gran piacere. - Ah, Casalengo... si rammenta!... - mormorò lieta.

Volle anche sapere a chi Casalengo facesse la corte, in quel tempo, e le sfavillavano gli occhi alle piccole maldicenze che si fanno sottovoce nei circoli mondani.

- Colui, sì!... sa vivere! - ripeté, e accennava pure col capo, assorta.

Mi era grata del tempo che rubavo "all'altra mia amica" per dedicarlo a lei, e mi chiamava "il suo buon fratello". - Fratello, non è vero? - ripeteva colla sua grazia maliziosa. E c'era quasi un rimasuglio di rancore involontario nella carezza della parola affettuosa.

Alcune volte, quando mi diceva quelle cose, specie sull'imbrunire, che provava una gran tristezza e mi aveva pregato di non lasciarla mai sola, al vedere i suoi occhi luminosi, il sorriso ancora dolce che le rianimava il viso e pareva dissiparne le ombre, mi sentivo riprendere irresistibilmente da quella moribonda, con un'immensa dolcezza amara.

Essa preferiva quell'ora, l'angolo del salotto riparato dal paravento chinese, la mezzaluce che dissimulava il suo pallore e il suo male. Era il suo pudore e l'ultima sua civetteria. Nell'ombra sentiva che il suo profumo e la sua voce ancora dolce mi parlavano meglio di lei, della Ginevra che avevo conosciuta un tempo.

- *Colei* lo sa che siete qui... che fate un'opera buona... per meritarvi il paradiso? -

Come diceva quelle parole! Come esse sonavano e penetravano! Come attiravano verso di lei quell'anelito frequente e quelle povere mani febbrili!

- No... non mi fiderei più degli amici... e delle amiche! Ho imparato a spese mie, caro d'Arce! -

Una sera che aveva tossito più del solito, e parlava più triste, reggendosi il capo col braccio appoggiato al tavolino, mi disse guardandomi fisso, china verso di me, nello stesso tempo che schermivasi dalla luce colla mano aperta:

- Noi non siamo stati mai... nulla. Ecco perché mi siete rimasto fedele -.

Le si era fatta la voce un po' roca. Tutto ciò che le veniva alla mente e sulle labbra aveva la stessa velatura stanca, e un abbandono che avvinceva me pure. Senza quasi avvedermene le avevo preso la mano, ed essa me la lasciò, calda ed inerte. Allora, senza guardarmi, quasi senza volerlo, mi confidò il segreto di ciò che aveva sofferto laggiù, lontana da tutti, in paese straniero. Una storia semplice e dolorosa, senza dramma, senza neppure l'ombra di una rivale. Colui pel quale aveva abbandonata la sua casa e la sua patria non l'amava più: ecco tutto. - Amore... chi lo sa?

Anch'io avevo amato Casalengo... o m'era parso, prima di lasciarlo per quell'altro... Per una parola che ci suoni meglio all'orecchio, per un'occhiata che lusinghi il nostro vestito nuovo, per una frase musicale che ci faccia sognare ad occhi aperti... Ecco perché ci perdiamo, e ciò che forma quest'amore. Quando egli non ebbe più dinanzi altre seduzioni con cui confrontare la mia, quando non temé più altri rivali... Una mattina, sull'alba, tornò pallido e fosco. Aveva perduto. Giuocava da un pezzo, da che non mi amava più. E si voleva uccidere perché non poteva pagare... Non per me... Lui che aveva tutte le delicatezze, tutta la poesia, tutta la nobiltà dell'animo.

E l'ultima rottura fra di noi, l'ingiuria che non poté perdonarmi, fu quando gli offrii d'aiutarlo, io ch'ero parte di lui, che vivevo soltanto per lui, che gli avevo sacrificato ben altro, che non sapevo cosa farmi del mio denaro... Mi lasciava appunto per questo, perché egli non ne aveva più. L'onore degli uomini è così fatto. Poi, quand'egli fu partito, colui che aveva detto di non poter vivere senza di me, lasciandomi sola e moribonda in un albergo... mio marito ebbe pietà di me - lui che non mi amava più e non doveva più amarmi... Pagò un altro debito d'onore anche lui... -

Parlava calma, con un filo di voce, interrompendosi di tratto in tratto e lasciando morire in un soffio certe parole. Le passò sul volto un sorriso che la fece sembrare più pallida.

- Povero d'Arce! V'ho intronate le orecchie per narrarvi le solite storie. Cose che succedono a tutti... Lo sappiamo e torniamo a cascarci. Allora vuol dire che dev'essere così, non è vero? Anche voi... -

Nel luglio e l'agosto stette meglio. Però non si lasciò indurre a mutar paese per qualche tempo. Il silenzio e la quiete della campagna le facevano paura. Volle piuttosto andare alla festa di Piedigrotta. S'era fatto fare apposta un vestito elegantissimo, e aveva combinato una carrozzata allegra, nella quale ero invitato io pure. - La Maio, no! - mi disse sfavillante. Tutto quel chiasso e quel movimento l'eccitavano assai.

Tornò stanchissima e si mise a letto per due o tre giorni. Dopo si strascinò ancora un pezzo fra letto e lettuccio. La tristezza delle giornate autunnali la pigliava lentamente. Se non mi vedeva all'ora solita, mi teneva il broncio, quasi avessi mancato a una tacita promessa. Faceva spesso dei progetti per l'avvenire; s'illudeva più facilmente, ora che le fuggiva la terra sotto i piedi, e che non aveva più la forza di strascinarsi sino al canapè. Così tenacemente s'attaccava al mio braccio, che le parlavo anch'io di Sorrento e di Nizza, col cuore stretto. Ella diceva di sì, di sì, tutta contenta, tornando ad affermare col capo, tornando a sorridere come una bambina.

Consultava insieme a me delle guide e dei giornali di mode, e aveva fissato l'epoca del viaggio: - Dopo il carnevale, appena tornerà la primavera. Tornerò a rifiorire anch'io, vedrete! tutti v'invidieranno la vostra bella amica... Amica, veh! -

Aveva ordinato degli abiti da ballo per quell'inverno. Si faceva bella ancora per me. Diceva "che erano le sue prove generali". Una sera si fece trovare in abito da ballo, presso un gran fuoco. Com'era contenta, povera Ginevra! Quel sorriso ingenuo nella bocca e negli occhi che le mangiavano il viso, mi mise un brivido nei capelli: lo stesso brivido che mi faceva trasalire quando l'udivo gemere sottovoce nella stanza accanto per abbigliarsi - e quel giorno che la cameriera mi chiamò spaventata, cercando colle mani tremanti la boccettina d'etere sopra la tavoletta. Essa, pure in quel momento, coprivasi colle mani il misero petto scarno...

Una volta mi disse: - Quanto saremmo stati felici... allora... di poterci vedere liberamente, come adesso!... -

In dicembre peggiorò rapidamente. Non si alzò più dal letto; non parlò più di viaggi. Il parlare stesso la stancava. La baraonda e l'allegria fragorosa del Natale napoletano le davano noia. Sembrava distaccarsi a poco a poco da ogni cosa.

Però voleva ancora che andassi a vederla spesso, più che potevo, e lagnavasi che tutti l'abbandonassero. Stava poi ad ascoltarmi, immobile, guardandomi fisso. Alle volte i suoi occhi si offuscavano, quasi guardassero dentro se stessa, o in un gran buio, e il viso le si affilava maggiormente, con un'espressione d'angoscia vaga. Dopo sembrava ritornare da lontano, con una cert'aria smarrita. Mi sorrideva dolcemente, quasi per scusarsi dell'involontaria distrazione, ma in modo che stringeva il cuore.

In quei giorni tornò a Napoli suo marito, chiamato per telegrafo. Essa volle festeggiare con lui l'ultima sera dell'anno, e invitò pochi amici. Le avevano apparecchiato un tavolino accanto al letto, e dei fiori, un gran numero di candele nella camera. Era raggiante, poveretta, e sembrava proprio una bambina, sparuta, fra le gale e i pizzi della cuffia e del corsetto. Ci salutava col capo ad uno ad uno, alzando verso di noi la coppa nella quale aveva fatto versare un dito di *champagne*, e beveva cogli occhi alla nostra salute, senza accostarvi le labbra, come sapesse ciò che si trova in fondo al bicchiere, come anche i nostri auguri la rattristassero. Infine si lasciò vincere dalla comune gaiezza; parve che tornasse a sorridere a una vaga speranza, e sorrideva a tutti, a tutti noi, cogli occhi e le labbra, col viso pallido e magro.

Il capo d'anno le recai dei fiori, un gran fascio di rose che ero andato a cogliere per lei a Capodimonte. Ella si levò giuliva a sedere, e le volle sul letto, tutte. Ripeteva: - Quante! quante! - scegliendo le più belle, immergendovi le mani...

Era tanto contenta! Mi mostrò i regali che le avevano mandato gli amici, e le amiche... - tutti quanti! - La camera n'era piena, sulle mensole, sul canapè, da per tutto. Ella indicava ad uno ad uno il nome del donatore. Dalla gioia mi pose un braccio intorno al collo, dicendomi:

- Ma nessuno come voi!... nessuno! Voi siete il mio caro fratello, non è vero? E mi vorrete sempre bene così, sempre sempre... perché non fummo mai altro!... Un momento... ci fu il pericolo... Vi rammentate? Ma era scritto lassù!... lassù... -

In quel momento portarono il regalo del marito: un magnifico abito da ballo che la cameriera spiegò trionfante sulla poltrona. Ella indovinò la delicata e pietosa intenzione d'illuderla che c'era nella scelta del dono, e ne fu scossa profondamente. Non disse nulla; gli occhi le si fecero più grandi e più lucenti, e tornò a coricarsi, tirandosi la coperta fino al mento.

Mi lasciò senza dirmi addio, povera e cara Ginevra! L'ultima volta che la vidi, in presenza del marito e di due o tre altri, ella sembrava già non fosse più di questo mondo. Non mi disse nulla; non sembrò nemmen accorgersi di me. Stava zitta, chiusa, cogli occhi sbarrati e fissi. Il Comandante rispondeva per lei qualche parola, colla voce rauca, i capelli arruffati, la barba incolta, pallido anche lui, e col viso gonfio dalle notti insonni. Un momento appena, udendo la mia voce, ella volse su di me quegli occhi che non guardavano e non dicevano più nulla: e tornò a rivolgerli altrove, indifferente. Li attirava adesso soltanto una striscia di luce che moriva sulle tendine istoriate.

Fu l'ultima volta che la vidi. Dopo, l'uscio delle sue stanze rimase chiuso per tutti. Erano arrivati dei parenti da Venezia e da Genova. Gli amici erano tornati a chiedere di lei o a lasciare il loro nome alla porta: tutti coloro che avevano ballato in quella casa e vi avevano passato delle ore liete. Parecchi ci avevano perduto anche la testa, un tempo, e parlavano di lei che moriva, a voce bassa, prima di tornare al Circolo o al teatro, facendosi piccini dinanzi al marito che ripigliava il suo posto in casa sua, all'ultima ora, invecchiato in un mese, rispondendo alle condoglianze e alle strette di mano collo sguardo chiuso e la mano gelida.

Seppi ch'era morta dall'invito per assistere ai funerali. Nelle sale dove essa ci aveva ricevuti festante, era una gran folla, e molti fiori, come il primo giorno dell'anno, sulle mensole, sui tavolini, sul pianoforte. C'erano tuttora gli avanzi delle candele dei candelabri posti dinanzi agli specchi dove ella s'era guardata. Le sue amiche misero dei fiori sulla bara. La signora Maio soffocava i singhiozzi con un fazzolettino di pizzo.

Prima di morire aveva detto che voleva una semplice bara coperta di raso bianco, e una semplice lapide col suo nome. Non ci furono discorsi sulla tomba. La sua orazione funebre fu fatta da Casalengo, che venne a trovarmi la sera stessa, per parlarmi di lei.

- Povera Ginevra! - e non disse altro.

DRAMMA INTIMO

Casa Orlandi era tutta sossopra. La contessina Bice spegnevasi lentamente: di malattia di languore, dicevano gli uni: di mal sottile, dicevano gli altri.

Nella gran camera da letto, quasi buia in tutto il quartiere illuminato come per una festa, la madre, pallidissima, seduta accanto al letto dell'inferma, aspettava la visita del dottore, tenendo nella mano febbrile la mano scarna e ardente della figliuola, parlandole con quell'accento carezzevole, e quel falso sorriso con cui si cerca di rispondere allo sguardo inquieto e scrutatore dei malati gravi. Tristi colloqui che celavano sotto una calma apparente la preoccupazione di un morbo fatale, ereditario nella famiglia, il quale aveva minacciato la contessa medesima dopo la nascita di Bice - il ricordo delle cure inquiete e trepide che avevano accompagnato l'infanzia delicata della bambina - l'ansia dei presentimenti minacciosi che avevano quasi soffocato la maternità della genitrice e scusato i primi traviamenti del marito, morto giovane, di un male da decrepito, dopo avere agonizzato degli anni su di una poltrona. Più tardi un altro sentimento aveva fatto rifiorire la giovinezza della vedova, appassita anzi tempo fra quella culla minacciata, e quello sposo di già cadavere prima di scendere nella tomba: un affetto profondo e occulto, inquieto, geloso, che si mischiava a tutte le sue gioie mondane e sembrava vivere di esse, e le raffinava, le rendeva più sottili, più penetranti, quasi una delicata voluttà che profumava ogni cosa, una festa, un trionfo di donna elegante. Adesso quell'altra nube paurosa, sorta a un tratto colla malattia della figlia in quel cielo azzurro, sembrava posare simile a una gramaglia sui cortinaggi pesanti del letto dell'inferma, e distendersi sino a incontrare degli altri giorni neri: la lunga agonia del marito, la faccia grave e preoccupata di quello stesso medico ch'era venuto quell'altra volta, il tic-tac di quella stessa pendola che aveva segnato delle ore d'agonia, e riempiva ora tutta la camera, tutta la casa, di un'aspettativa lugubre. Le parole della madre e della figliuola, che volevano sembrar gaie e tranquille, morivano come un sospiro nella penombra della vòlta altissima.

A un tratto il campanello elettrico squillò nella lunga fila di stanze sfavillanti e deserte. Un servitore silenzioso precedeva in punta di piedi il medico, vecchio amico di casa, il quale sembrava solo calmo, nell'attesa inquieta di tutti. La contessa si rizzò in piedi, senza poter dissimulare un tremito nervoso.

- Buona sera. Un po' tardi oggi... Finisco adesso il mio giro. E questa ragazza com'è stata? -

S'era seduto di contro al letto; aveva fatto togliere la ventola dal lume, ed esaminava l'inferma tenendo fra le dita bianche e grassocce il polso delicato e pallido della fanciulla, ripetendo le solite domande. La contessa rispondeva con un lieve tremito nervoso nella voce; Bice, con monosillabi tronchi e fiochi, sempre fissando il medico con quegli occhi inquieti e lucenti. Nell'anticamera si succedevano gli squilli sommessi del campanello che annunziavano altre visite, e la cameriera entrava come un'ombra per annunziare all'orecchio della signora il nome degli amici intimi che venivano a chieder notizie della contessina.

A un certo momento il dottore rizzò il capo.

- Chi è entrato adesso nella sala accanto? - domandò con una certa vivacità.

- Il marchese Danei, - rispose la contessa.

- La solita pozione per questa notte, - continuò il medico quasi avesse dimenticato la sua domanda. - Bisogna osservare a che ora cadrà la febbre. Del resto, nulla di nuovo. Diamo tempo alla cura... -

Ma non lasciava il polso dell'inferma, fissando uno sguardo penetrante sulla fanciulla, la quale aveva chinato gli occhi. La madre aspettava ansiosa.

Un istante le pupille ardenti della figlia si fissarono in quelle di lei, e Bice avvampò subitamente in viso.

- Per carità, dottore! per carità! - supplicava la contessa, riaccompagnando il medico, senza badare agli amici e ai parenti che aspettavano in sala chiacchierando fra di loro sottovoce. - Come ha trovato stasera la mia ragazza? Mi dica la verità!

- Nulla di nuovo, - rispondeva lui. - La solita febbriciattola... il solito squilibrio nervoso... -

Ma quando furono in un salottino appartato, si piantò ritto dinanzi alla contessa, e disse bruscamente:

- La sua figliuola è innamorata di questo signor Danei -.

La contessa non rispose sillaba. Solo impallidì orribilmente, e per istinto si portò le mani al petto.

- È un po' di tempo che lo sospettavo, - riprese il medico con certa rude franchezza. - Ora ne son certo. È una complicazione nella malattia, che per la estrema sensibilità dell'inferma, in questo momento, può farsi grave. Bisogna pensarci.

- Lui! - fu la prima parola che sfuggì alla madre, quasi fuori di sé.

- Sì, il polso me l'ha detto. Lei non aveva alcun indizio? Non ha mai sospettato qualche cosa?

- Mai!... Bice è così timida... così...

- Il marchese Danei viene spesso in casa? -

La poveretta, sotto lo sguardo fisso e penetrante di quell'uomo che assumeva l'importanza di un giudice, balbettò:

- Sì.

- Noi altri medici alle volte abbiamo cura d'anime, - aggiunse il dottore sorridendo. - Forse è stata una fortuna che quel signore sia venuto mentre io ero qui.

- Ma ogni speranza non è perduta, dottore? Per l'amor di Dio!...

- No... secondo i casi. Buona sera -.

La contessa rimase un momento in quella stanza, quasi al buio, asciugandosi col fazzoletto il freddo sudore che le bagnava le tempie. Quindi ripassò per la sala, rapidamente, salutando gli amici con un cenno del capo, guardando appena Danei, ch'era in un canto, nel crocchio degli intimi.

- Bice!... figlia mia!... Il medico t'ha trovata meglio oggi, sai!

- Sì, mamma! - rispose la fanciulla dolcemente, con quell'amara indifferenza degli ammalati gravi che stringe il cuore.

- Di là ci sono degli amici... che sono venuti per te... Vuoi vederli?

- Chi sono?

- Ma tutti. La zia, Augusta... il signor Danei... Possono entrare un momentino? -

Bice chiuse gli occhi, come assai stanca, e nell'ombra, così pallida com'era, si vide lieve rossore montarle alle guance.

- No, mamma. Non voglio veder nessuno -.

Attraverso le palpebre chiuse, delicate come foglie di rosa, sentiva fisso su di lei lo sguardo desolato e penetrante della madre. All'improvviso riaprì gli occhi, e le buttò al collo quelle povere braccia esili e tremanti sotto la battista, con un atto ineffabile di confusione, di tenerezza e di sconforto.

Madre e figlia si tennero abbracciate a lungo, senza dire una parola, piangendo entrambe delle lagrime che avrebbero voluto nascondersi.

Ai parenti e agli amici che chiedevano premurosi notizie dell'inferma, la contessa rispondeva come al solito, ritta in mezzo alla sala, senza poter dissimulare uno spasimo interno che di quando in quando le mozzava il respiro. Allorché tutti se ne furono andati, rimasero faccia a faccia Danei e lei.

Tante volte, durante la malattia di Bice, erano rimasti soli alcuni minuti, come allora, nel vano della finestra, scambiando qualche parola di conforto e di speranza, o assorti in un silenzio che accomunava i loro pensieri e le loro anime nella stessa preoccupazione dolorosa. Momenti tristi e cari, nei quali essa attingeva il coraggio e la forza di rientrare nell'atmosfera cupa e lugubre di quella stanza d'inferma con un sorriso d'incoraggiamento. Stettero alquanto senza aprir bocca, colla fronte sulla mano. La contessa aveva tale espressione di tristezza in tutta la persona, che Danei non trovava la parola da dirle. Finalmente le tese la mano. Ella ritirò la sua.

- Sentite, Roberto... Ho da dirvi una cosa... una cosa da cui dipende la vita di mia figlia... -

Egli aspettava, serio, un po' inquieto.

- Bice vi ama!... -

Danei parve sbalordito, guardando la contessa che si era nascosto il viso fra le mani, e piangeva dirottamente.

- Essa!... È impossibile!... Pensateci bene!...

- No... È un'idea che m'ha fatto nascere il suo medico... Ed ora ne son certa. Vi ama da morirne...

- Vi giuro!... Vi giuro che...

- Lo so, vi credo. Non ho bisogno di cercare perché mia figlia vi ami, Roberto! - esclamò la madre tristamente.

E si abbandonò sul divano.

Roberto era commosso anche lui. Tentò di pigliarle la mano un'altra volta. Ella la respinse dolcemente.

- Anna!...

- No... no! - rispose lei risolutamente.

E le lagrime silenziose parevano che le solcassero le guance delicate come degli anni, degli anni di dolore e di gastigo che sopravvenivano tutt'a un tratto nella sua esistenza spensierata. Il silenzio sembrava insormontabile. Infine Roberto mormorò:

- Cosa volete che faccia?... dite... -

Essa lo guardò smarrita, con un'angoscia indicibile, e balbettò:

- Non so!... non so... Lasciatemi tornar da lei... Lasciatemi sola... -

Come rientrava nella camera dell'inferma, dall'ombra del cortinaggio gli occhi della figlia luccicarono ardenti, fissi su di lei, con un lampo incosciente che agghiacciò la madre sulla soglia.

- Mamma, - chiese Bice, - chi c'è ancora?

- Nessuno, figlia mia.

- Ah!... Statti con me, allora. Non mi lasciare -.

E le teneva le mani, tremante.

- Povera bambina! Povero amore! Guarirai presto, sai! L'ha detto il medico.

- Sì, mamma.

- E... e... sarai felice -.

La figlia le fissava sempre in viso quello sguardo.

- Sì, mamma -.

Poi chiuse gli occhi, che sembravano neri nelle orbite incavate. Successe un mortale silenzio. La madre scrutava quel viso pallido e impenetrabile con uno sguardo ardente, arrossendo e impallidendo a vicenda.

A un tratto si fece smorta come lei, e la chiamò con un'altra voce:

- Bice! -

Il suo petto si contraeva spasmodicamente, come se qualche cosa vi agonizzasse dentro. Poscia si chinò sulla figliuola, posando la guancia febbrile su quell'altra guancia scarna, e le mormorò nell'orecchio, con un soffio appena intelligibile:

- Senti, Bice... tu ami?... -

Bice spalancò gli occhi all'improvviso, tutta una fiamma in volto. E con quegli occhi sbarrati e quasi paurosi, affascinati dagli occhi lagrimosi della madre, balbettò con un accento ineffabile d'amarezza, e quasi di rimprovero:

- Oh mamma!... -

Allora la sventurata, sentendosi penetrare quella voce e quelle parole sino all'intimo del cuore, ebbe il coraggio di aggiungere:

- Danei ha chiesto la tua mano.

- Oh mamma! oh mamma! - ripeteva la fanciulla con lo stesso accento supplichevole e dolente, stringendosi nelle coperte con un senso di pudore. - Mamma mia!... -

La contessa, che sembrava anche lei nello smarrimento dell'agonia, balbettò:

- Però... se tu non l'ami... se non l'ami... di'!... -

L'inferma ascoltava palpitante, ansiosa, agitando le labbra senza proferir parola, con gli occhi spalancati, enormi sul volto rifinito, che interrogavano gli occhi della madre. Tutt'a un tratto, come quella si chinava verso di lei, l'abbracciò stretta, tremando a verga, stringendola con tutta la forza delle sue povere braccia, con un'effusione che diceva tutto.

La madre, in un impeto d'amore disperato, singhiozzava:

- Guarirai! Guarirai! -

E tremava convulsivamente ancor essa.

Il giorno dopo la contessa aspettava Danei nel suo gabinettino, seduta accanto al caminetto, stendendo verso il fuoco le mani così bianche che sembravano esangui, cogli occhi fissi sulla fiamma. Quanti pensieri, quante visioni, quanti ricordi passavano dinanzi a quelli occhi! La prima volta che si era turbata al cospetto di Roberto - il silenzio ch'era caduto all'improvviso fra di loro - e le prime parole d'affetto che egli le aveva sussurrato all'orecchio, abbassando la voce ed il capo - il batticuore delizioso che soleva imporporarle le gote ed il seno, quando egli l'aspettava nel vestibolo dell'Apollo, per vederla passare, bella, fine, elegante, nella mantellina di raso bianco. - Poscia, le lunghe fantasticherie color di rosa, in quel posto medesimo, le gioie trepide e intense, le attese febbrili, nelle ore in cui Bice prendeva la lezione di musica o di disegno. Ora, allo squillare del campanello, si rizzò con un tremito nervoso; e immediatamente, mercé uno sforzo della volontà, tornò a sedere, colle mani in croce sulle ginocchia.

Il marchese si fermò esitante sull'uscio. Ella gli stese la mano che ardeva, evitando di guardarlo. Siccome Danei, non sapendo che pensare, chiedeva della Bice, la contessa rispose dopo un breve silenzio:

- La sua vita è nelle vostre mani.

- Per l'amor di Dio, Anna!... v'ingannate!... - rispose lui. - Bice s'inganna... Non può essere... non può essere!... -

La contessa scosse il capo tristamente.

- No, non m'inganno! Me l'ha confessato lei... Il dottore dice che la sua guarigione dipende... da ciò!...

- Da che cosa?...

Per tutta risposta ella gli fissò negli occhi gli occhi arsi di febbre. Allora, sotto quello sguardo, la prima parola di lui, impetuosa, quasi brusca, fu:

- Oh!... no!... -

Ella giunse le mani.

- No. Anna! pensateci bene... Non può essere... V'ingannate... - ripeteva Danei, agitato anche lui violentemente.

Le lagrime le soffocarono la voce in gola. Poi stese le mani a Roberto, senza dir nulla come nei bei tempi trascorsi. Soltanto, quel viso che gli esprimeva uno spasimo d'angoscia e una preghiera straziante, era diventato tutt'altro in ventiquattr'ore.

Roberto chinò il capo al pari di lei.

Erano entrambi due cuori onesti e leali, nel significato mondano della parola, nel senso di esser sinceri in ogni loro atto. Perché la fatalità facesse abbassare quelle teste alte e fiere, bisognava che le avesse messe per la prima volta di fronte a un risultato che rovesciava bruscamente tutta la loro logica, e ne mostrava la falsità. La rivelazione della contessa aveva colpito Danei di stupore. Adesso, ripensandoci, ne era spaventato; e in quel contrasto d'affetti e di doveri combattentisi sotto il riserbo imposto ad entrambi dalla rispettiva posizione che li rendeva più difficili, egli trovavasi imbarazzato. Parlò di loro due, del passato, dell'avvenire che gli faceva paura; cercando le frasi e le parole onde scivolare sui tanti argomenti scabrosi, per non urtare o ferire alcuno di quei sentimenti così delicati e complessi.

- Pensateci bene, Anna! Questo matrimonio è impossibile! -

Essa non sapeva che dire. Balbettava solo: - Mia figlia! mia figlia! -

- Ebbene... Volete che io parta... che mi allontani per sempre!... Sapete qual sacrifizio farei!... Ebbene, lo volete?

- Ella ne morrebbe -.

Roberto esitò, prima d'affrontare l'ultimo argomento. Poi mormorò abbassando la voce:

- Allora... allora non resta che confessarle ogni cosa... -

La madre s'irrigidì in una contrazione nervosa, con le dita increspate sul bracciuolo della poltrona. E rispose con voce sorda, chinando il capo:

- Lo sa!... Lo sospetta!...

- E nondimeno?... - riprese Danei dopo un breve silenzio.

- Ne sarebbe morta... Le ho fatto credere che s'ingannava.

- E lo ha creduto?

- Oh! - esclamò la contessa con un triste sorriso. - L'amore è credulo... Lo ha creduto!

- E voi! - chiese Roberto con un tremito che non poté dissimulare nella voce.

- Io ho già tutto sacrificato a mia figlia -.

Poi gli stese la mano, e soggiunse:

- Sentite com'è calma?

- Siete certa che sarà sempre così calma?

Ella rispose:

- Sempre! -

E sentì freddo nella nuca, alla radice del capelli.

Si alzò vacillante, e si strinse il capo di lui sul petto.

- Ascoltate, Roberto, ora è la madre che vi abbraccia! Anna è morta. Pensate a mia figlia; amatela per me e per essa. Ella è pura e bella come un angelo. La felicità la farà rifiorire. Voi l'amerete come non avete mai amato... Dimenticherete ogni cosa... siate tranquillo! -

Roberto, pallidissimo, non rispose verbo.

Il matrimonio della contessina Bice fu annunciato officialmente pochi giorni dopo che essa entrò in convalescenza. Amici e parenti venivano a congratularsi nello stesso tempo dei due fortunati avvenimenti. Il marchese Danei era uno sposo convenientissimo, e se qualche indiscreto arrischiò delle osservazioni sulla disparità degli anni - o altro - fu messo subito a tacere dal coro unanime delle signore che si sollevavano scandolezzate. La fanciulla risanava davvero, raggiante di vita nuova, colla sincerità, la credulità, l'oblio, l'egoismo della felicità, che espandeva nel seno della madre, la quale trovava la forza di sorriderle. Il medico si fregava le mani, borbottando:

- Io non ci ho alcun merito. Fo come Pilato. Questa benedetta gioventù se ne ride della scienza. Adesso ecco le mie prescrizioni: - Recipe: L'inverno a San Remo o a Napoli. L'estate a Pegli o a Livorno. Una scappata a Roma, nel carnevale, e un bel maschiotto alla fine della cura -.

La contessa, alla figliuola che avrebbe voluto condurla seco, aveva risposto:

- No. Io e il dottore non ci abbiamo più nulla a fare in questo viaggio. Tutta la mia pretesa è che siate felici -.

E sorrideva agli sposi, col suo sorriso un po' triste. La figliuola, a volte, aveva inconsciamente degli sguardi acuti che correvano come un lampo dal fidanzato alla madre. A quelle parole, senza saper perché, l'abbracciava ogni volta strettamente, nascondendole il viso in seno.

La contessa aveva detto che quella sarebbe stata l'ultima sua festa; e le sue spalle bianche e delicate mostraronsi realmente un'ultima volta allo sposalizio, nelle sale scintillanti di lumi e affollate d'amici e parenti come nei giorni più tristi in cui erano venuti a chieder notizie della Bice. Roberto, allorché baciò la mano della contessa, non poté dissimulare un certo turbamento. Poscia quando l'ultima carrozza fu partita, e non rimase a piè dello scalone che il piccolo *coupé* del marchese, e la carretta inglese che portava alla stazione il bagaglio degli sposi, mentre Bice era andata a cambiarsi d'abito, rimasti soli un momento, la contessa e Roberto:

- Fatela felice! - disse lei.

Danei era nervoso; abbottonava macchinalmente il soprabito da viaggio e tornava a cavarsi i guanti. Non disse nulla.

Madre e figlia s'abbracciarono teneramente, a lungo. Infine la contessa respinse quasi bruscamente la figliuola, dicendo:

- È tardi. Perderete il treno. Andate, andate! -

La contessa Orlandi aveva tossito un poco quell'inverno, e di tanto in tanto aveva avuto bisogno del medico. Costui, onde non spaventarla, la sgridava, perché essa soleva passare la mattinata in chiesa - a salvarsi l'anima e perdere il corpo - diceva lui. Il buon uomo pigliava la cosa leggermente, per rassicurarla, ma in realtà era inquieto, e ingannandosi a vicenda con una finta gaiezza, pensavano entrambi a una minaccia più grave. Bice scriveva che stava bene, che si divertiva tanto, che era tanto felice, e più tardi accennò anche vagamente a un altro avvenimento che avrebbe affrettato il loro ritorno prima che finisse l'anno.

La contessa telegrafò di non farne nulla, di aspettare l'avvenimento là dove si trovavano, protestando che temeva per la figliuola lo strapazzo del viaggio. Piuttosto sarebbe andata lei stessa a raggiungerli. Però non andava mai, cercando mille pretesti, differendo di giorno in giorno quel viaggio, quasi le pesasse. I telegrammi si succedevano. Infine Roberto ebbe un dispaccio: - Arrivo stasera -.

La prima persona che Anna vide sul marciapiedi della stazione, giungendo, fu Roberto che l'aspettava, solo. Ella si premeva con forza il manicotto sul cuore, quasi le mancasse il respiro. Il marchese le baciò la mano, sul guanto, e le diede il braccio, mentr'essa balbettava:

- Bice?... Come sta? -

Fuori era fermo il piccolo *coupé* del marchese, col servitore accanto allo sportello. Ella esitò un istante, al momento di montare insieme a lui. Poi si strinse nel suo cantuccio, chiusa nella pelliccia, col velo sul viso.

- Bice sta bene, - rispondeva lui, -...per quanto è possibile... Sarà tanto contenta! - Sembrava che cercasse le parole, col viso rivolto allo sportello, impaziente d'arrivare. Sfilavano le case e le botteghe illuminate. A un tratto successe l'oscurità, nell'attraversare una piazza. Tutti e due istintivamente, si scostarono e tacquero.

Bice era corsa ad incontrare la madre, e le si buttò al collo con un diluvio di carezze e di parole sconnesse. Era sofferente, e Roberto le diede il braccio per salire le scale. La contessa veniva dopo, un po' stanca anch'essa, soffocata dalla pelliccia greve.

Allorché furono nel salotto, in piena luce, ella fu colpita dall'aspetto di Bice, dalla sua veste da camera larghissima, dalle mani venate d'azzurro, posate sui bracciuoli della poltrona dove s'era lasciata cadere come sfinita, ma raggiante di una serena felicità. Roberto si chinava per parlarle nell'orecchio. Senza avvedersene si appartavano entrambi spesso e volentieri, discorrendo sottovoce fra di loro, presso la fiamma del caminetto che li colorava di un'aureola rosata, lontani dal mondo, lontani da tutti, dimenticando ogni cosa...

Dopo il primo sbigottimento di quella sera, la contessa sembrava più calma. Allorché trovavasi sola con Roberto, e lui parlava, parlava, quasi avesse paura del silenzio, ella ascoltava col sorriso distratto, sprofondata nella poltrona, accanto al fuoco che lumeggiava d'azzurro i capelli neri, col fine profilo opaco inquadrato nella luce al pari di un cammeo.

Però un nube sembrava sorgere fra madre e figlia, nell'intimità della famiglia: una freddezza incresciosa e insormontabile che agghiacciava le affettuose espansioni: un imbarazzo che rendeva moleste le premure di Roberto per l'una o per l'altra, e spesso anche la presenza fra di loro - come un'ombra del passato che offuscava gli occhi della figlia, che faceva impallidire la madre, che turbava anche Roberto, di tanto in tanto. Una sfumatura d'amarezza accennavasi a volte nelle parole più semplici, nei sorrisi che si evitavano, negli sguardi che si cercavano sospettosi.

Una sera che Bice s'era ritirata prima del solito, e Roberto era rimasto nel salotto insieme alla contessa, per farle compagnia, il silenzio piombò all'improvviso, quasi minaccioso. Anna stava a capo chino, dinanzi al fuoco che spegnevasi, presa da un brivido, tratto tratto, e il lume posato sul caminetto le accendeva dei riflessi dorati alla radice dei capelli, sulla nuca che sembrava accendersi anch'essa di fiamme vaghe. Come Roberto si chinò a prender le molle, essa trasalì vivamente, e si alzò di scatto per augurargli la buona notte, accusando un po' di stanchezza. Il marchese l'accompagnò sino all'uscio, in preda anche lui a un vago turbamento. In quella apparve Bice, come un fantasma, vestita del suo accappatoio bianco.

Madre e figlia si guardarono, e la prima rimase senza parola, quasi senza fiato. Roberto, il meno imbarazzato di tutti e tre, chiese:

- Che hai, Bice?

- Nulla... Non potevo dormire... Che ora è?

- Non è tardi. Tua madre stava per ritirarsi... dice di sentirsi stanca...

- Ah, - rispose Bice. - Ah... - E non disse altro.

Anna, ancora tremante, balbettò con un triste sorriso:

- Sì... sono stanca.. Alla mia età... figliuoli miei!...

- Ah, - ripeté Bice.

Allora la madre, facendosi pallida come una morta, come soffocata da un'angoscia ineffabile, aggiunse con quello stesso sorriso doloroso:

- Non mi credete?... Non mi credi, Bice?... -

E rialzando alquanto i capelli sulle tempie, mostrò che quelli di sotto erano tutti bianchi.

- Oh... È un pezzo... tanto tempo!... -

Bice, con uno slancio affettuoso, le buttò le braccia al collo, e le cacciò la testa in seno, senza dir altro. E le mani della madre sentirono che tremava tutta quanta, ancor essa. Roberto, il quale sembrava sulle spine, s'era levato per andarsene, quasi vedesse di esser di troppo fra quelle due donne, e nell'istante in cui i suoi occhi s'incontrarono in quelli di Anna, arrossò, e parve divampare in quell'istante un ricordo del passato.

La contessa Anna passò due settimane in casa della figlia, dove si sentiva estranea, accanto a Bice, accanto a lui! Come erano mutati! Quando egli le dava il braccio per andare a tavola, quando la figliuola le diceva - Mamma! - senza guardarla, e arrossiva se parlava di suo marito! - Dimenticherete, siate tranquillo! - ella aveva detto a Roberto. E non avevano dimenticato del tutto, né l'uno né l'altra!...

Chiudeva gli occhi e rabbrividiva a quel pensiero... Qualche volta, all'improvviso, la sorprendevano anche degli impeti di collera, di un'altra gelosia pazza. Le aveva rubato perfino il cuore di sua figlia, colui! Tutto le aveva tolto quell'uomo!

Una sera si udì un gran trambusto per la casa. Cocchieri e servitori erano stati spediti in fretta; il medico e un'altra donna erano giunti premurosi, ed erano entrati subito nella camera di Bice. E nessuno era venuto a cercare di lei, sua figlia stessa non la voleva al suo capezzale, in quel momento. - No, nessuno aveva dimenticato! - Quand'egli venne ad annunziarle la nascita della sua nipotina, quell'uomo!... Quando lo vide così commosso e raggiante... - Non l'aveva mai visto così! - Quando lo vide al capezzale di Bice, che era supina sul letto, come fosse già morta, con una lagrima di tenerezza per lui soltanto negli occhi socchiusi... degli occhi che non cercavano che lui!... Allora sentì un odio implacabile contro quell'uomo che accarezzava la sua figliuola dinanzi a lei, e a cui Bice soltanto sorrideva, anche in quel punto.

Come misero il suo nome alla neonata, ed essa la tenne al battesimo, disse sorridendo: - Ora posso morire -.

Bice andava rimettendosi lentamente. Però il suo organismo delicato vibrava ancora. Nei lunghi giorni di convalescenza le venivano dei pensieri neri, degli impeti d'irritazione sorda e irragionevole, degli scoramenti improvvisi, quasi tutti l'abbandonassero. Allora guardava muta, cogli occhi neri, e diceva al marito con accento indescrivibile:

- Dove sei stato? - Dove vai? - Perché mi lasci sola? -

Ogni cosa la feriva; sembrava ingelosirsi anche di quel resto di eleganza ch'era sopravvissuto nella madre sua. Era arrivata a dirle, cercando di dissimulare la febbre che le si accendeva suo malgrado negli occhi: - Quando partirai? -

La madre chinò il capo, quasi sotto il peso di un gastigo inevitabile.

Ma Bice tornava poi in sé, e pareva chiedere perdono a tutti colle sue parole e le sue carezze affettuose. Appena incominciò ad alzarsi da letto, la contessa fissò il giorno della partenza. Nel lasciarsi, madre e figlia, alla stazione, erano commosse entrambe, abbracciandosi senza dire una parola, all'ultimo momento, quasi dovessero lasciarsi per sempre.

La contessa giunse tardi a casa sua, di sera, affranta, intirizzita dal freddo. La casa vuota e deserta era fredda ancor essa, malgrado il gran fuoco acceso, malgrado le lumiere solitarie, nelle stanze malinconiche.

La salute della contessa Anna declinò rapidamente. Da prima ne accusò la stanchezza del viaggio, le commozioni, la stagione rigida. Stette circa tre mesi fra letto e lettuccio, e il medico tornò a visitarla tutti i giorni.

- Non è nulla - ripeteva lei. - Oggi mi sento meglio. Domani m'alzerò -.

Alla figliuola scriveva regolarmente, senza accennare però alla gravità del male che l'uccideva. Verso il principio dell'autunno parve migliorare davvero. Ma a un tratto peggiorò in guisa che i familiari si credettero obbligati a telegrafare al marchese.

Roberto giunse il giorno dopo, spaventato.

- Bice non sta bene, - disse al dottore che l'aspettava. - Sono inquieto anche per lei. Non sa nulla... Ho temuto che la notizia... l'agitazione... il viaggio...

- Ha ragione... Anche la salute della marchesa ha bisogno di molti riguardi... È una malattia gentilizia, pur troppo!... Io stesso non avrei preso su di me tale responsabilità... E se non fosse stata la gravità del caso...

- Molto grave? - chiese Roberto.

Il dottore scosse il capo.

L'inferma, appena le annunziarono la visita del genero, entrò in una grande agitazione.

- E Bice? - chiese appena lo vide. - Perché non è venuta?

Egli balbettava, quasi pallido quanto lei, sentendosi anch'esso un sudore freddo alla radice dei capelli.

- Siete stato voi... a dirle che non venisse?... - seguitava lei colla voce tronca e soffocata.

Egli non le aveva mai udito quella voce, né visto quegli occhi. Una donna, china sul capezzale, sforzavasi di calmare l'inferma. Infine essa tacque, abbassando le palpebre, stringendo forte le mani sul petto.

Volle confessarsi la sera stessa. Dopo che si fu comunicata fece chiamare di nuovo il genero, e gli strinse la mano, quasi per chiedergli perdono.

Nella stanza vagava l'odore dell'incenso - l'odore della morte; soffocato di tratto in tratto da un odore più acuto di etere, penetrante, che pigliava alla gola. Delle ombre livide sembravano errare sul volto della moribonda.

- Ditele... - balbettò la poveretta. - Dite a mia figlia... -

L'affanno la vinceva, soffocandole le parole nella strozza, facendole stralunare gli occhi deliranti. Allora accennò che non poteva più, con un moto del capo desolato.

Di tanto in tanto bisognava sollevare di peso sui guanciali quel povero corpo consunto, nell'angoscia suprema dell'agonia. Ella però faceva segno che Roberto non la toccasse. Le si erano quasi sciolti i capelli, tutti bianchi.

- No... no... - furono le ultime sue parole che si udirono gorgogliare indistinte. Giunse le mani per chiudere la battista che le si era aperta sul petto, e così passò, colle mani in croce.

ULTIMA VISITA

"Vorrei morir...".

Donna Vittoria cantava divinamente. Però gli amici che frequentavano la sua casa (casa Delfini era una specie di succursale del Circolo) l'udivano raramente.

Essa pretendeva che il canto l'affaticasse; soleva dire ridendo che sarebbe morta di una malattia di petto. - Per questo motivo, allorché compariva ai balli o al teatro, nel turbinìo infaticabile della vita elegante, splendente di bellezza e scollacciata sino al dorso, su quel petto delicato ch'era rimasto una meraviglia dopo dieci anni di matrimonio, fioccavano i complimenti e i madrigali dei suoi adoratori. - Ne aveva tanti!... - essa diceva con quel sorriso che faceva palpitare il bel nasino arcuato - per far la guardia alla sua virtù, guardandosi in cagnesco fra di loro!... - Amici del marito (il solo del fior fiore del Circolo che non fosse obbligato a farsi vedere un momento nel salotto di lei) o delle sue amiche, le quali venivano a prendere il thè, a farsi ammirare, a darsi degli appuntamenti, a discorrere di tutto, fuorché di musica, ch'era la passione segreta di donna Vittoria - il solo vizio che nascondesse agli amici - diceva lei - il suo egoismo e la sua civetteria - dicevano gli altri. Talché quella sera che si era lasciata piegare dalle calorose insistenze della cugina Roccaglia, era stato proprio un avvenimento, udire la sua voce un po' velata che accennava squisitamente quella musica, con un certo riserbo signorile, con una tinta di malinconia anche.

- Ah, sì! - esclamò galantemente il vecchio duca d'Orezzo. - Morire a quella maniera e una bella cosa! -

Ella scherzava adesso gaiamente coi suoi intimi, che si affollavano intorno al pianoforte rimproverandole la sua ingratitudine. - Ah, valeva proprio la pena di esserle fedeli, tutte le sere, perch'ella fosse così avara della sua voce, soltanto con loro! - Anche lei, Ginoli, ha il coraggio di lagnarsene? - Io no. La musica mi fa male... quando le sento dire a quel modo "Vorrei morire!..." - Gli occhi di lei ridevano negli occhi del bel giovane biondo, che si accesero anch'essi un istante di una luce più viva, malgrado il loro riserbo mondano, com'era passata una carezza nel tono della voce che voleva sembrare disinvolta e scherzevole.

- Davvero... - soggiunse lei. - Alle volte, sapete... in certi momenti deliziosamente tristi... -

Essa parlava gaiamente della morte nel fervore della festa, al ritmo del valzer di Chopin che l'eccitava vagamente, splendente di gemme e di bellezza, sotto gli occhi innamorati di Ginoli. All'uscire di casa Roccaglia, in mezzo alla scorta di galanti che si affrettavano a metterle la pelliccia sulle spalle, a darle il braccio, ad aprir lo sportello del legnetto tiepido e profumato come un nido, aveva sentito un brivido scenderle per le belle spalle nude, ancora ansanti pel valzer, sotto la lontra del mantello. Il suo medico, il medico delle signore eleganti, era venuto il giorno dopo a fare quattro chiacchiere, sprofondato nella gran poltrona ai piedi del letto, buttando giù svogliatamente prima d'andarsene, senza togliersi i guanti due o tre lineette della sua bella scrittura da signora su d'un foglietto medioevo con la corona a cinque foglie.

Alla porta era una vera processione di carrozze, di amici, di servitori in livrea; tutti che lasciavano una parola, un nome, una carta di visita, di cui il portiere ogni sera recava in anticamera un vassoio pieno zeppo, colla lista fitta di condoglianze e di auguri, insieme al bollettino della giornata, redatto in guisa da poter passare sotto gli occhi dell'inferma, la quale voleva leggere ogni giorno i nomi di coloro che si erano ricordati di lei. Se ne parlava al Circolo, al teatro, come s'incontravano fra di loro, amici e conoscenti di lei, in visita, dal confettiere, allo sportello delle carrozze, a Villa Borghese. - La povera donna Vittoria!... - Le visite si succedevano a Casa Delfini: delle signore eleganti, degli uomini che venivano un momento a stringere la mano al marito di lei, delle coppie che vi si davano ritrovo, delle ondate di profumi leggieri e delicati che passavano nell'atmosfera greve, delle osservazioni brevi che si scambiavano i visitatori a bassa voce, nell'uscire, con un gesto del capo, o della mazzettina, stringendo il manicotto al seno, o stringendosi nelle spalle. La sera miss Florence lasciava il romanzo che stava leggendo, e scendeva colla bimba nella camera della signora, la quale accoglieva entrambi con un sorriso pallido. La figliuola, una ragazzina bianca e delicata, con lunghe trecce d'oro pendenti giù per le spalle, e la compostezza di una donnina, andava a baciare la mamma in punta di piedi, col passo di signorina ben educata. Le chiedeva della salute in inglese o in tedesco, secondo la giornata; poi le augurava la buona notte, e se ne andava dietro all'istitutrice, diritta e impettita. Però una mattina il dottore s'era fatto serio all'udire donna Vittoria lagnarsi di un altro guaio serio, sopravvenutole nella notte: un dolore pungente che le attraversava il petto, dalle spalle al seno: - Come dicono che sia il mal d'amore!... - Donna Vittoria ne parlava in tono scherzoso, con una specie di febbre d'amore realmente negli occhi, sulle guance, e nella voce rotta. Il dottore la pregò di lasciarsi osservare, così, sollevandosi un poco, una cosa da nulla. Una cosa che le faceva un effetto curioso, a lei, al sentire contro la batista quel viso di uomo che pareva l'abbracciasse, e le facesse battere il cuore davvero, e la faceva scomporre in volto, senza saper perché, mentre si forzava ancora di ridere, fra due colpetti di tosse: - Proprio il mal d'amore, eh, dottore? - Egli non rispose subito, intento, coll'orecchio sulle sue spalle delicate che trasalivano e s'imporporavano. Poi aveva espresso il desiderio "di consultarsi con qualche collega sul metodo di cura", e s'era fermato un momento in anticamera a discorrere sottovoce col marito dell'inferma. Calava la sera, una sera tiepida di primavera. Per la via udivasi il rumore non interrotto delle carrozze che tornavano dal passeggio. Soltanto nella camera dell'inferma, che dava sul giardino, regnava un gran silenzio.

Quando la figliuola era andata ad augurarle la buona notte, secondo il solito, donna Vittoria aveva trattenuta la ragazzina per mano, e le aveva detto, nella sua lingua nativa, poche parole che accusavano la febbre, col sorriso già triste nel viso color di cera. La bimba ascoltava seria e zitta, coi grand'occhi azzurri spalancati. Sino a tarda ora, come s'era sparsa la notizia del consulto tenutosi in casa Delfini, erano venuti degli amici di donna Vittoria, che il marito di lei riceveva nel suo salottino da fumare - un salottino da scapolo, con delle figure scollacciate alle pareti, e dove scoppiettava una fiammata allegra - distribuendo dei sigari e delle strette di mano, discorrendo di ciò che avevano detto i medici, e di quel che dicevasi al Circolo e nei crocchi mondani. Qualche signora, venendo a chiedere notizie dell'amica, dopo il teatro, s'avventurò a cacciare un momento la testolina incappucciata in quel recesso profano, scandolezzandosi "degli orrori" che v'erano in mostra, sgridando Delfini e lasciandogli un saluto per "la cara Vittoria", empiendo le sale del fruscìo dei loro strascichi, e il gaio cinguettìo che fugava le idee nere. I domestici sbadigliarono un po' più del solito in anticamera, e sino a tarda ora lo stesso *coupé* che aveva ricondotta la padrona dal ballo in casa Roccaglia stette attaccato a piè dello scalone, coi due fanali accesi che si riverberavano nell'acqua della fontana. Null'altro.

Ma la stessa notte l'inferma aveva peggiorato rapidamente. Il medico, chiamato in fretta e in furia sin dall'alba, si turbò in viso al primo vederla. Stette appena cinque minuti e promise di tornare fra qualche ora. Intanto fece prevenire il suo collega del consulto, suggerì alla cameriera di svegliare Delfini, che dormiva ancora, prescrisse un sacco d'ordinazioni che fecero perdere la testa ai servitori e alle cameriere. Per un momento la casa fu tutta sottosopra. Nel cortile c'era un va e vieni frettoloso di carrozze, coi cavalli fumanti e coi cocchieri ancora in giacchetta. Dei parenti giungevano a ogni momento, col viso lungo, parlando sottovoce. Il medico era tornato due volte. Verso le quattro, prima d'andarsene, aveva scritto un'ultima ordinazione sul tavolino dell'anticamera, volgendo le spalle all'uscio, dinanzi al servitore serio e grave, di già in cravatta bianca sino dalle dieci di mattina. Poi, il coupé di donna Vittoria era andato a prendere di corsa una lontana parente, mezza beghina, dinanzi al cui vestito dimesso, quasi umile, gli usci dorati si spalancarono premurosamente. Costei s'era assisa al capezzale dell'inferma, con un'aria d'intimità quasi materna, chiedendole come si sentisse, chiacchierando di cose diverse con la voce pacata delle donne che vivono nella pace della chiesa. Parlò di sé, dei suoi piccoli guai di tutti i giorni, del solo conforto che si trova nella religione. - Giusto incominciava allora la quaresima, l'epoca della penitenza, dopo i peccati del carnevale. A volte le malattie sono avvertimenti che dà il Signore perché ci si rammenti di Lui. Appunto perciò i buoni cristiani antichi usavano chiedere il Viatico appena s'ammalavano. Non è giusto aspettare l'ultimo momento per riconciliarsi con Dio. Già il miglior rimedio è una buona confessione, si era visto tante volte, con dei malati gravi...

Donna Vittoria, bianca come il merletto del guanciale su cui posava la testa, ascoltava senza dire una parola, spalancando gli occhi, quasi affascinata da un'orribile visione interiore, col viso già stravolto da un'angoscia suprema, agitando le mani, agitando il capo che non poteva trovar requie sul guanciale. Tutt'a un tratto si fece proprio cadaverica in volto, cercando di rizzarsi sulla vita, balbettando:

- No... più tardi... più tardi... Non mi fate questi discorsi... Non mi fate morir di spavento... Andatevene, zia!... andatevene!... Più tardi poi... -

La beghina se ne andò finalmente, stringendosi nelle spalle, brontolando delle parole oscure, accennando col capo al marito di donna Vittoria che aspettava all'uscio, sbigottito anche lui. L'inferma gli fece cenno d'accostarsi, interrogandolo cogli occhi ansiosi, con un'espressione di rancore pure, in fondo a quegli occhi atterriti, chiedendogli perché avessero lasciata entrare quella donna... perché?... perché?... La voce le si era mutata a un tratto, come il viso, come gli occhi che fissava in volto a tutti quanti e domandavano ansiosi: - Sto proprio così male?... Cosa ha detto il medico?... Perché non mandate a chiamare il medico? - Ad un tratto si abbandonò sul letto supina, con un terrore immenso nel viso. - Ah... Dio mio!... così presto!... -

Il triste annuncio giunse di buon'ora al Circolo. Ginoli teneva banco, aspettando che fosse l'ora d'andare a far visita in casa Delfini, come al solito, quando il duca d'Orezzo, che aveva preso posto fra i giuocatori un momento prima, ripeté la frase che correva da una settimana sulla bocca degli amici: - La povera donna Vittoria!... - stavolta in tal tono che tutti quanti levarono il capo. Ginoli aveva voltato un nove. Allora gli stessi tornarono a chinarsi sulle carte, rannuvolati.

- Pur troppo! - rispose il duca alla domanda di Ginoli, che aveva dimenticato di ritirar le poste. - S'è già confessata... -

Ginoli vinceva sempre con una vena implacabile che l'inchiodava al suo posto, e non teneva allegri neppure i suoi compagni di giuoco. Accusasse un cinque o chiamasse un sette, tutte le follìe di un giuocatore inesperto che voglia fare lo spaccone, o che abbia perduta la testa, gli giovavano invece a sventare le astuzie dei suoi avversari, i quali non sapevano più a che santo votarsi, e maledicevano in cuor loro gli uccelli di malaugurio che vanno in giro a portare la disdetta e le cattive nuove. Santa-Sira, il quale aveva già le orecchie infocate, saettò di nascosto un'occhiata sul duca. Ma Lionelli, il quale aspettava la rivincita, e temeva che Ginoli lasciasse le carte, osservò garbatamente che in tal caso non conveniva andare in casa Delfini quella sera... per non disturbare... Altri approvarono, guardando alla sfuggita Ginoli a cui tremavano le mani nel dare le carte, e luccicavano delle goccioline di sudore sulla fronte, quasi perdesse tutto sulla parola; e Domitilla discretamente cambiò discorso, per riguardo a Ginoli che teneva il banco, e di cui conoscevasi la relazione con donna Vittoria. - Peraltro si facevano pochi discorsi, ciascuno avendo da pensare ad altro, con quella maledetta partita che s'era fatta più seria che non si credesse, e che sarebbe stata un disastro per qualcheduno, se Ginoli non fosse stato quel gentiluomo che era, e non avesse capito che gli conveniva continuare a giuocare, come facevano tutti gli altri amici di donna Vittoria, per la riputazione di lei. Con una partita così grossa, nessuno avrebbe voluto tenere il banco per lui. - Tanto da lasciarmi tirare il fiato, - aveva egli detto sorridendo, quasi l'emozione della vincita fosse stata realmente tale da togliergli il respiro.

Finalmente, quando poté correre in casa Delfini, dopo una serie fortunata di zeri che gli riconciliò i suoi amici del Circolo, era circa mezzanotte. Domitilla aveva voluto accompagnarlo per salvare le apparenze. Salendo la scala gli disse: - Bada... sei ancora tutto sottosopra... -

Nel salotto c'erano dei parenti, una signora attempata, amica di casa, che si era offerta di vegliare la notte, e due altri, marito e moglie, zii, per parte di madre, di donna Vittoria. La zia parlava di cure portentose, di guarigioni insperate. Gli altri tacevano, senza ascoltare. La contessa Roccaglia parve molto sorpresa di veder comparir Ginoli, e rivolse la parola a Domitilla, per salvare le apparenze: - Non sapevate... povera Vittoria!... -

Allora Ginoli dovette ascoltare le osservazioni della zia, ch'era stata nella camera dell'inferma, e balbettare delle condoglianze comuni, dinanzi a tutti quegli occhi fissi su di lui. Di tanto in tanto passava un domestico frettoloso; una cameriera socchiudeva discretamente l'uscio delle stanze della signora. Un momento si vide far capolino anche il marito di lei, pallidissimo, che scomparve subito. Nel salotto discorrevasi a voce bassa, con parole tronche, con un vago senso di malessere e di fastidio reciproco. Lo zio guardava l'orologio tratto tratto. Poi succedevano dei lunghi intervalli di silenzio che pesavano su tutti, quasi d'attesa funebre. A un certo punto l'uscio si spalancò e comparve prima l'istitutrice, col fazzoletto agli occhi, reggendo la fanciullina che sembrava svenuta; e il padrone di casa attraversò il salotto barcollando, senza salutare nessuno, fissando soltanto uno sguardo singolare su Ginoli che aveva chinato il capo. Dall'uscio rimasto aperto udivasi il rumore di un affaccendarsi frettoloso, nelle stanze dell'inferma. La cameriera era venuta correndo a prendere un candelabro dal caminetto. Allora gli zii e la vecchia signora le erano andati dietro. Come Ginoli si era alzato anche lui, vacillante, pallido come un cadavere, quasi non sapesse più quel che si faceva, la contessa Roccaglia lo fermò sull'uscio, dicendogli piano:

- No... S'è confessata or ora... s'aspetta il Viatico... -

Si udì il suono funebre di un campanello, e uno scalpiccìo di gente che saliva. Ginoli, dileguandosi come un'ombra, quasi inseguito dallo squillare di quel campanello, vide un'altra ombra in fondo all'anticamera, dinanzi a cui dovette chinare il capo, irresistibilmente.

BOLLETTINO SANITARIO

San Remo, 10 novembre

Sono qui da ieri sera. Venite.

VIOLA

San Remo, 21 novembre

VIOLA fa sapere alla sola persona dalla quale è conosciuta, che ella aspetta inutilmente da otto giorni.

San Remo, 8 dicembre

Perché non siete venuto, GIACINTO? Avete letto le mie del 10 e 21 novembre? Avete dimenticato la vostra promessa? Dove siete? Ho bisogno di voi.

San Remo, 16 dicembre

Mi sono ingannata; perdonatemi. Voi siete come tutti gli altri.

Sorrento, 22 dicembre

Io sono precisamente come tutti gli altri, cara signora VIOLA; anzi, come tutti quegli altri che hanno bisogno di pace, e a cui i medici prescrivono il riposo dell'anima e del corpo, e il clima di Nizza o di Napoli.

GIACINTO

San Remo, 25 dicembre

Godeteveli. Parto domani. È inutile dirvi dove andrò, poiché è inutile che mi scriviate. Addio.

VIOLA

Sorrento, 20 gennaio

Alla signora VIOLA - non del pensiero. - Mia cara, giacché ai vostri occhi devo comparire assolutamente colpevole, eccovi la mia giustificazione: ve la mando come posso. Per altro, nessuno vi conosce, nemmen io, e voi non avete esitato per la prima a far correre le poste ai nostri piccoli segreti. Sono stato malato, molto malato; ho creduto di morire, e ho avuto paura. Vedete quanto io sia lontano dal mondo e dalle sue illusioni, se vi confesso anche cotesto! Ho vista la vita dall'altro lato. Se sapeste che rovescio! La giovinezza, il passato, voi! Quante cose si veggono nelle cortine stinte di un letto d'albergo, a cinque lire per notte, coll'odore delle medicine sotto il naso, e il russare dell'infermiera in un canto! Mi sembrava di non dovermi alzare più. Andavo cercando col pensiero tutto ciò che si era presa la mia vita, e non lo trovavo: il giuoco, gli amici, le amiche... E i sogni della giovinezza... Vi rammentate, quella prima sera che mi bruciaste l'anima colle lenti del vostro cannocchiale? Che miseria! E pensare che tutto ciò ora non mi fa battere il cuore come la voce grossa del dottore il quale mi misura la febbre col termometro!

Che cosa volete, cara VIOLA! Ritorno dal paese freddo delle ombre, dove anche il fiore del pensiero intirizzisce; e mi scaldo tranquillamente a questo bel meriggio d'inverno, come un ebete, con un *plaid* sulle ginocchia, le orecchie ben calde dentro il mio berretto di lontra; e sorrido soltanto al sole che mi bacia le mani diacce, gialle, di un bel giallo d'oro, come i mucchi di luigi che illuminavano le nostre notti di Montecarlo, dove *quell'altro* mi vinceva anche voi.

Vi rammentate, a Venezia? Avevate un colletto alto da uomo, un ferro di cavallo alla cravatta, un cappellino grigio, a tese piatte, con un ciuffo di piume di struzzo sul davanti: ricordi che mi sembrano gai e festosi in questa bella giornata d'inverno: - l'occhiata lunga e calda che mi lasciaste nel vestibolo, sirena! e la furberia con la quale vi nascondevate dietro le spalle oneste e larghe del vostro compagno, nel palchetto, per puntare il cannocchiale su di me! Quante belle cose ci dicevamo! Due o tre volte chinaste il capo e sorrideste: un sorriso che voleva dire tante cose: - Vi saluto! - Davvero? - Sì! - Venite? - che so io... forse non lo sapevate voi stessa. Io sorrisi e chinai il capo come voi. Che potevamo dire di più? Tutto l'amore umano non è in quel linguaggio senza parole? - Chi sei? - Mi piaci! - Mi vuoi? - Quel bel signore che vi dava il braccio non avrebbe potuto chiedervi né sentirsi rispondere altro da voi, neppure nel momento in cui posava la sua testa accanto alla vostra sul medesimo guanciale. Eppure, tutta la notte questa visione non mi fece chiudere occhio.

Lasciamo stare, lasciamo stare! Ecco che ricasco di nuovo nella fantasticheria erotica - la più malsana divagazione della mente, dice il mio medico. Ora non c'è nulla per me che valga una buona nottata di sonno profondo, collo spirito e il corpo nella bambagia tiepida delle coperte. Erano tante notti che non potevo dormire, mangiato dalla tosse, mangiato dalla febbre! Sentite, quando vi dicono che in cotesti momenti hanno pensato a voi, che siete stata il conforto, il sollievo, che so io, vi mentiscono come furfanti. In principio, forse, quando il male non ha compìto il suo lavorìo, quando il medico non ha fatto il viso lungo, quando non si è visto passare lo spettro nero nelle prime ombre della sera... Allora, forse... quando il sangue ancora ricco dà con la febbre quella sensazione di benessere, si può pensare a *lei*, alla donna, alla treccia bionda sul guanciale, alla mano bianca che apre dolcemente le cortine, agli occhi lucenti che aspettano... Così mi guardavate, dal fondo di quella loggia. - Che cosa ne avete fatto del vostro bel cavaliere? Sapete, ultimamente lo incontrai a Napoli. Non volle riconoscermi, e fece bene. Ho un sospetto che quell'uomo in dominò della *cavalchina* fosse lui, e che abbia udito quando deste l'indirizzo al gondoliere...

Lasciatemi in pace, lasciatemi in pace, ecco quello che vi ho detto poi, nelle lunghe notti senza sonno e senza sogni. E vi ho detto anche peggio. Che ve ne importa? Che me ne importa? Io voglio dormire, voglio dormire soltanto. Voi siete bella, sana, giovane, ricca. Avete lì San Mauro ai vostri piedi, Giuliano che vi fa ridere, il duca che vi manda delle violette da Nizza. Lasciatemi in pace.

Vedete, è un'ora che vi scrivo. Il sole m'ha lasciato adagio adagio, e col sole le liete fantasie che suscitava la vostra memoria. Ora ho freddo, e la nebbia è calata anche su di voi. Che colpa ne ho io? Se vedeste com'è triste questo mare che illividisce, e questo verde che si fa scuro! Sento il bisogno del bel fuoco che scoppietta nel camino, e del buon brodo che fuma nella tazza. Se stanotte potessi dormire senza cloralio, quanto sarei felice! Vedete quanto poco ci vuole per avere la felicità? Il dottore m'assicura che sto meglio, e che forse fra un mese o due potrò lasciare Sorrento... Giacché dovete sapere che odio Sorrento, odio questo mare, questo cielo, questo verde implacabile, in mezzo al quale sono costretto a vivere, se voglio vivere. Ora difatti mi sento meglio, ho pensato a voi, ho riletto le vostre lettere, ho sentito rifiorire in me qualcosa del passato che credevo morto, e che mi rianima invece, e mi riscalda. Dunque anch'io posso rivivere? Allora, allora... No, non voglio pensare ad altro. Il medico dice che mi fa male. Il mio male siete voi. Non mi importa più di nulla, capite! Sentite... siete già in collera? Vi chiedo perdono. Sono un uomo dell'altro mondo: eccovi spiegato il motivo del mio silenzio. Non pensate più a me. Se mi vedeste ora, volgereste il capo dall'altra parte. Lasciatemi in pace.

Sorrento, 25 marzo

È proprio vero. Sto meglio, son quasi guarito, sapete? Il male non era così grave come si temeva. Chi ne sa nulla? Questi medici, dottoroni! non lo sanno neppur loro. Certo è che son guarito, guarito! Oggi ho fatto una lunga passeggiata a piedi. Che bel sole! che bel verde! Quella ragazza che mi vende le viole ha detto che non mi ha mai visto così di buona cera. Anche qui si fa la corte, come laggiù la fanno a voi, e non potete immaginare quanto sia ingenua e credula la civetteria dei malati. Le ho dato venti lire. Quanta gente si può far contenta con venti lire. Ho portato il *plaid* sul braccio, tutto il dopo pranzo.

C'è un povero storpio che suona da un'ora il valzer di *Madama Angot* sotto le mie finestre. Sì, quella musichetta gaia può avere il suo merito anch'essa quanto il vostro Chopin e il vostro Mendelssohn. Le belle sere passate nel vostro salottino, guardandovi le mani e accarezzandovi i capelli! Non mi sgridate. Sono un gran colpevole che vi domanda perdono e viene a picchiarsi il petto dietro la vostra porta. Dove siete? Che avete pensato di me? Ero tanto lontano da voi, tanto! Ed ora desidero tanto di rivedervi! Basta, non ne parliamo. Non me lo merito, lo so. L'avete ancora quel serpentello d'oro al braccio? Come mi farebbe bene una bella chiacchierata con voi, di quelle chiacchierate che sapete fare, mezzo sdraiata sulla poltrona, e colle scarpette accavalciate l'una sull'altra! Sono circa sei mesi che non parlo. E vedete, che perciò chiacchiero, chiacchiero per lettera, e vi corro dietro con la mente, e con qualche altra cosa anche, qui nel petto... Se siete tuttora in collera, dovreste perdonarmi soltanto al pensare che, se voleste dirmi dove siete, verrei a piedi, come un pellegrino, a sciogliere il voto, foste anche in capo al mondo! Non mi sgomenterei, no! Ora son forte. Ah, com'è bella la vita!

Sì, vi avevo promesso: "Quando mi permetterete di venirvi a trovare... dovunque sarete..." Poi fui in collera con voi che m'avete lasciato partire. Quella sera che mi posaste la fronte sul petto, a Villa d'Este? Perché non siete venuta con me? Eravate tutta tremante. Mi amavate dunque? Perché non avete voluto che ci acciuffassimo pei capelli, io e quell'uomo? Che notte ho passato sotto le vostre finestre! Fu là che presi la tosse... E ve ne volli. Sì, sì, quando vi seppi partita, partita con colui, vi odiai, fui malato, volli dimenticarvi. Giuliano mi disse che San Mauro vi faceva la corte, e che il duca portava discretamente al collo la vostra catena. Che m'importa adesso? Io so che avete le mani bianche e che ve le siete lasciate baciare da me. So che a San Remo non siete più da un pezzo, e che mi avete aspettato colà, e che siete partita senza dire per dove. Ed io vi ho lasciata partire! Ero pazzo allora, o son pazzo adesso? Nessuno potrebbe dirlo. Quello che so di certo, è che in questo momento vorrei baciare ancora le vostre mani bianche.

Sorrento, 11 aprile

VIOLA cara! VIOLA bella! VIOLA bionda! Eccomi ginocchioni dinanzi a voi, con le mani in croce, la fronte sul tappeto. Lasciatemi baciare le vostre scarpette piccine! Sì, sì, lo so, sono molto colpevole. Non merito il perdono. Ditemelo, ma ditemelo voi stessa. Sono otto giorni che ho fatte le valige, e che aspetto una vostra parola, dura, assai dura, che mi dica di venirmi a chiedere perdono. Pensare che forse eravate sola a San Remo, e che avreste lasciato l'uscio socchiuso... Ah, come darei della testa nella parete! Sono stato peggio di colpevole: sono stato uno sciocco. Non ci cascate anche voi, se mi amate ancora, per picca, per dispetto. Pensate che potremmo vederci, soli, dirci colla bocca tutto ciò che ci siamo detto quella sera alla Fenice col cannocchiale! Vi dico delle cose pazze. Sono pazzo, ví giuro...

Sorrento, 16 aprile

GIACINTO supplica e scongiura a mani giunte VIOLA di fargli avere un rigo, una parola, qualunque sia, perché il silenzio implacabile di lei gli mette addosso tutte le febbri.

Sorrento, 29 aprile

Sentite, non ne posso più. Aspetterò qui la vostra lettera sino a domani. Domani, ultimo giorno d'aprile, non so quel che farò. Vi amo, vi amo, mi sento morire un'altra volta. Fatelo per pietà almeno, VIOLA! Stanotte ho tossito di nuovo e ho avuto la febbre.

Sorrento, 8 maggio

Ah, che siate proprio tale quale vi avevo giudicata! senza cuore, senza spirito, senz'altro che lo spumeggiare delle vostre trine e lo scintillio dei vostri diamanti, frivola e dura altrettanto! Vi odio, vi detesto! Voi mi fate morire, consunto da questa febbre che mi avete messa nel sangue, maledetta! Tenetevi il duca che v'insulta co' suoi doni. Tenetevi Giuliano, che si ride di voi. Tenetevi San Mauro che vi mette in un mazzo con le ballerine della Scala. Io vi ho buttato in faccia la giovinezza mia, che avete distrutto, la vita che mi avete succhiata coi baci, vampiro!

GIACINTO

Genova, 8 maggio

Aspettatemi. Verrò.

VIOLA

Napoli, 14 maggio

No, no, mio caro GIACINTO. È meglio non vederci più. Sono stata a trovarvi, incognita; l'albergatore mi aveva aperta una finestra sul giardino, dove eravate a passeggiare. Come siete mutato, mio povero e caro GIACINTO!

VIOLA è morta.